·青春的荣耀·
90 后先锋作家二十佳作品精选
高长梅　尹利华◎主编

修炼成精的一条鱼

李楚楚　著

九州出版社
JIUZHOUPRESS
全国百佳图书出版单位

图书在版编目（CIP）数据

修炼成精的一条鱼 / 李楚楚著. –– 北京：九州出版社，
2013.5（2021.7 重印）

（青春的荣耀：90 后先锋作家二十佳作品精选 / 高长梅，
尹利华主编）

ISBN 978-7-5108-2153-0

Ⅰ.①修⋯ Ⅱ.①李⋯ Ⅲ.①散文集 – 中国 – 当代
Ⅳ.①I267

中国版本图书馆CIP数据核字（2013）第113861号

修炼成精的一条鱼

作　　者	李楚楚　著
出版发行	九州出版社
地　　址	北京市西城区阜外大街甲35 号（100037）
发行电话	（010）68992190/2/3/5/6
网　　址	www.jiuzhoupress.com
电子信箱	jiuzhou@jiuzhoupress.com
印　　刷	北京一鑫印务有限责任公司
开　　本	720 毫米×1000 毫米　16 开
印　　张	10
字　　数	125 千字
版　　次	2013 年 6 月第 1 版
印　　次	2021 年 7 月第 5 次印刷
书　　号	ISBN 978-7-5108-2153-0
定　　价	38.00 元

小荷已露尖尖角（代序）

高长梅

长江后浪推前浪，是自然规律，也是文学发展的期待。

80后作家曾风光无限——韩寒、郭敬明、张悦然等大批80后作家已成为中国当代文学的生力军，他们全新的写作方式、独特的语言叙述，受到了青少年读者的追捧。

几年前，随着90后一代的成长，他们在文学上的探索也逐渐进入人们的视野。

2006年，《新课程报·语文导刊》（校园作家版）创办时，我在学校调研，中学生纷纷表示，希望报社多关注90后作者，多培养90后作家。那年年底，我在南昌参加中国小说学会小小说年度排行榜评选时，与学会领导和专家聊起90后作者的事，副会长兼秘书长汤吉夫教授对我说：看现在的小说创作，80后势头很猛，起点也高，正成为我国小说创作的生力军，越来越受到文学评论界的重视。你有阵地，就要多给现在的90后机会，文学的天下必定是属于新一代的。副会长、著名散文家、文学评论家雷达博导，副会长、著名文学评论家李星编审都高兴地表示，今后会逐渐关注这些90后的孩子，还表示可以为他们写评论。2007年年底，中国小说学会在报社召开中国小小说年度排行榜评选会议，几位领导还专门询问90后作者的创作情况。

2009年，著名作家、茅盾文学奖获得者、解放军总后勤部创作室主任周大新到报社指导，听到我们介绍报社非常重视90后作者的培养，而90后作者也正展现他们的文学天分，报社准备出版一套90后作者的作品选时，周主任静下心来仔细翻阅那套书的部分选文，一边看一边赞不绝口，并表示有什么需要他做的他一定尽力。周主任的赞赏让我们备受鼓舞，专门在报上开设了《90先锋》栏目。这个栏目一推出，就受到90后作者、读者的欢迎。

2010年，著名报告文学作家、学者，中国图书奖、五个一工程奖、鲁迅文学奖获得者王宏甲到报社指导，见到报社出版的《青春的记忆·90后校园文学精选》及报上的《90先锋》专栏文章，大为赞赏，并称他们将前程无量。之后不久，我们决定出版《青春的华章·90后校园作家作品精选》。这套书收入18个活跃的90后作者的个人专集，也是90后第一次盛大亮相。曹文轩、雷达等为高璨作序，著名文学评论家李少君、张立群为原筱菲作序，著名评论家胡平为王立衡作序。此外，还有一大批中国作家协会会员如刘建超、蔡楠、宗利华、唐朝晖、陈力娇、陈永林、邢庆杰、袁炳发、唐哲（亦农）、孟翔勇、倪树根、李迎兵、杨克等都热情地为90后作者作序推荐。他们在序中都高度评价了这些90后作者的创作热情、创作成绩。当然也客观地指出了一些值得注意的问题。

90后作者的成长也引起了文学界的重视，他们当中不少人都加入了省级作家协会，尤其是天津的张牧笛还于2010年加入了中国作家协会。他们以自己的灵气、勤奋，正逐渐走向中国文学的前台。

张牧笛、张悉妮、原筱菲、高璨、苏笑嫣、王立衡、李军洋、孟祥宁、厉嘉威、李唐、楼屹、张元、林卓宇、韩雨、辛晓阳、潘云贵、王黎冰、李泽凯等无疑是这一代的代表。这其中我特别欣赏原筱菲。她不仅诗歌、散文等写得棒，美术作品别有特色，摄影作品清新可人。在报刊发表文学作品、美术作品、摄影作品2700多篇（首、件）。还有苏笑嫣。不仅诗歌写得好，小说也受评论家的好评。尤为可贵的是，她完全依靠自己的能力行走文学，却不去借助自己父母的关系走丁点捷径。还有张元。一个西北小子，完全凭自己对文学的执着，硬是趟出自己未来的文学之路。还有韩雨。学科公主，加上文学特长，使得她如鱼得水。

著名文学评论家白烨曾发表文章将40岁以下的青年作家群体细分为"70年代人"、"80后"和"90后"。他评价，90后尚处于文学爱好者的习作阶段。从创作来看，青年作家普遍对重大历史事件有所忽视，对重要的社会问题明显疏离，这使他们的作品在具有生活底气的同时，缺少精神上的大气。不过，在他看来，这些年刚刚崭露头角的90后有着不输于80后的巨大潜力。（转引自《南国都市报》2012年9月18日）

但不管怎样，成长是他们的方向，成长是他们的必然结果。

这次选编这套书，就意在为90后作家的茁壮成长播撒阳光，集中展示90后作家的创作实力。我们相信，只要90后的小作家们能沉下心来，不断丰富自己的阅读以及丰富自己的社会积累，努力提升自己写作的内涵，未来的文学世界必然会有他们矫健的身影和丰硕的成果。

我们期待着，读者也期待着！

目录

第二辑  神秘的陶笛

第三辑 卖楼全凭一棵树

第一辑

鳄鱼走进超市来

鳄鱼走进超市来

张大能耐开了一家好便宜超市,他为了把超市做大做强,便在超市的告示板上,贴出了一张红纸,上面写着——五百元征集促销的好点子。

小魏的促销点子是在超市的水产部里卖鳄鱼肉,张大能耐听小魏说完,他兴奋得一拍桌子,叫道:"卖鳄鱼肉,这确实是个好点子!"

要知道现在城市居民的生活水平不断提高,市民们无不追求食新、食异,超市里面卖点儿大家没见过的东西,这真是一个经营的亮点,最后,这五百元钱的点子费便被小魏赚去了。

张大能耐在水产批发市场认识一个姓孟的老板,他来到孟老板的水产批发部,可巧的是孟老板两口子都不在家,孟老板的媳妇今天一大早回娘家随礼,没有个两天三天,不可能回来。孟老板则远到海南岛进冻鱼去了,这千里迢迢的,只能打电话联系了!

张大能耐拿出手机,他在电话里和孟老板一说想法,孟老板说道:"我家的冰箱里还真冻着十斤鲜鳄鱼肉呢,你把这些鳄鱼肉拿去卖吧!"

张大能耐跟着批发部的售货员取来鳄鱼肉,他顺手还拿来了一个狰狞的鳄鱼头。卖鳄鱼肉,自然得拿鳄鱼头当幌子招揽顾客,不然谁知道他卖的是什么肉呀?

张大能耐给售货员留下了五千块钱，然后他拿着鳄鱼头和鳄鱼肉，就急匆匆地回到了好便宜超市。

好便宜超市里设有水产柜台，冰箱案板一应具备，可是卖水产的售货员莉莉看着这个狰狞的鳄鱼头，她吓得"妈呀"一声尖叫道："张老板，我可不敢卖这鳄鱼肉，您要非得叫我卖，我，我立马辞职！"

孟老板从外地进的货全都是去了皮的鳄鱼肉，鳄鱼皮都被皮件厂高价买走，做皮鞋皮具去了。卖这带骨头的鳄鱼肉，得用刀砍，莉莉一个小姑娘，确实没有这胆量，张大能耐将超市里的员工挨个过了一遍筛子，可是这些人都不堪重用，最后，张大能耐将腰一挺说道："看样子，我得亲自操刀上阵了！"

好便宜超市里面卖鳄鱼的消息一经传出，立刻在附近的居民区里引起了轰动，大家都说张大能耐想发财想疯了，八百块一斤的鳄鱼肉，哪个老百姓吃得起？

人们闹哄了一个上午，张大能耐的脑袋都被吵大了，可是他一斤鳄鱼肉都没卖出去。中午的时候，张大能耐腰上的手机响了，打电话的是小博士幼儿园的赵园长。

小博士幼儿园是本市最好的幼儿园，张大能耐的孙子已经到了入托的年龄，可是张大能耐求爷爷告奶奶，想进这家幼儿园，最后都卡在了赵园长的身上。

赵园长今天给张大能耐打电话，是问他关于鳄鱼肉是否能治哮喘病的事，赵园长在电话里讲到最后，他压低了声音说道："其实我手里还有一个入托的编外名额，这是给外经贸主任的孙女留的，可是人家调到省里当官去了……我老岳父就有哮喘的毛病呀！"

张大能耐一听赵园长的话口，他哪敢怠慢，急忙砍了一斤鳄鱼肉，亲自打车给赵园长送了过去，张大能耐刚把孙子入托的事确定下来，小魏就给他打了一个电话，听完小魏的电话，张大能耐吓了一跳，原来好便宜超市里来了一群执法人员，他们正检查张大能耐卖的鳄鱼肉呢。

张大能耐坐车赶到孟老板的店里，把鳄鱼人工养殖基地开出的合法销售证明借了出来，张大能耐回到超市，区工商局和市野生动物保护协会的工作人员看完证明，他们没词了。

可是检疫局的牛科长用手一指鳄鱼肉说道："张老板，你把这鳄鱼肉砍下一块来，我要拿回去做下检疫，现在霉菌、病毒满天飞，吃坏了市民的身体那可就麻烦了！"

十斤鳄鱼肉一天卖下来，就这样没了两斤，两斤鳄鱼肉，那可是一千块的本钱呀！张大能耐虽说心痛得直咧嘴，他却一点办法也没有。

张大能耐第二天早早地就打开了超市的店门，可是一上午，他一两鳄鱼肉都没卖出去，他正低头瞧着鳄鱼肉运气呢，就听有人叫道："鳄鱼肉？好东西呀！"

张大能耐一抬头，发现天龙酒店的老板侯瘤子站在水产柜台外，这小子两只黄眼珠子正叽里咕噜地瞧着鳄鱼肉呢。这个侯瘤子原来是个青皮混混出身，因为斗殴，把人砍成了重伤，最后蹲了七年大狱，他出狱后，也不知道是怎么鼓捣的，竟开了一家四星级酒店。

侯瘤子要买两斤鳄鱼肉，张大能耐哪敢怠慢，他急忙砍肉装袋。然后将装着鳄鱼肉的环保袋子交到了侯瘤子的手中，侯瘤子一龇牙说道："下班之前，张老板派人到天龙酒店找我算账去！"

张大能耐本想说不赊账，可是看着侯瘤子嚣张的样子，他把嘴边的话又咽到了肚子里。下午两点的时候，张大能耐的手机又响了，打电话的还是侯瘤子，侯瘤子告诉他，今天下午四点，他要大摆两桌鳄鱼宴，请道上的哥们儿猛撮一顿。

侯瘤子在电话里叫张大能耐再砍五斤鳄鱼肉给他送过去。张大能耐没有办法，只得又砍了五斤鳄鱼肉，他刚离开柜台，还没等去给侯瘤子送鳄鱼肉，就听身后"妈呀"的一声惊叫，张大能耐回头一看，惊叫的竟

修炼成精的一条鱼

是到超市买东西的吴婶,她竟被狰狞的鳄鱼头吓得一屁股坐到了地上。

吴婶是超市的老顾客,张大能耐也知道她患有心脏病,他急忙把吴婶扶了起来,然后在吴婶的衣袋里摸出了救心丹,给她服用了下去。

超市里乱成了一锅粥,侯瘤子还一个劲地打电话急催鳄鱼肉,张大能耐只好叫小魏把鳄鱼肉给侯瘤子送了过去!

过了一个多小时,吴婶才一口气缓了过来。吴婶嗔怪地说道:"张老板,放着那么多种鱼不卖,你偏偏去卖鳄鱼,你是想吓死我这个老婆子呀?"

张大能耐急忙连声道歉,他还没等把那个狰狞的鳄鱼脑袋塞到冰箱里,小魏就鼻青脸肿地回来了,那个该死的侯瘤子真不是个东西,天龙酒店里的厨子把红烧鳄鱼肉做好上桌后,他那帮狐朋狗友,三下五除二地竟把鳄鱼肉吃了个精光,吃完鳄鱼肉之后,其中有一个小混混吧嗒了两下嘴,竟说这鳄鱼肉是假的。

小魏去找侯瘤子结账,侯瘤子却出手打了他。张大能耐气得跳着脚直骂道:"侯瘤子,你个小兔崽子,吃我的鳄鱼肉不给钱,老子到法院告你去!"

剩下的一斤鳄鱼肉张大能耐也不卖了,他找来当律师的小舅子,两个人就在家里把鳄鱼肉下火锅炖了。张大能耐的小舅子把一份告侯瘤子的诉状写好,鳄鱼肉也炖熟了。

两个人拿起筷子一尝鳄鱼肉,都是"呸"的一声,把又腥又柴的鳄鱼肉吐到了桌子上。这东西也太难吃了。

两个人正面面相觑呢,就听防盗门上的门铃响了,张大能耐从门镜往外一看,竟是孟老板一脸急色地站在了门口。孟老板昨天晚上才从海南岛坐飞机回来,他刚到家,就找张大能耐来了。

张大能耐刚打开防盗门,孟老板就伸手一把抓住了他的胳膊,说道:"错了,错了!"

张大能耐从孟老板的冰箱里拿出来的根本就不是鳄鱼肉，装在冰箱里的鳄鱼肉在几天前已经叫孟老板的媳妇给卖掉了。

张大能耐惊讶地道："那我拿回来的是什么肉？"

那是孟老板在渤海渔场买来的海猪肉。海猪肉味道太差，当地渔民抓到了海猪，都用这海猪肉喂狗，孟老板的儿子养了一条牧羊犬，小孟听说牧羊犬吃了海猪肉，对狗眼睛有好处，便叫孟老板给他带回来了十斤，谁曾想这海猪肉竟被张大能耐当鳄鱼肉给卖了！……

张大能耐听孟老板说完，他的胃里一个劲地干呕……

孟老板给张大能耐送回来五千块钱，那个鳄鱼头被孟老板到超市取走了。月底的时候，超市的会计一算这个月的营业额，竟比上个月多卖了三千块。自从超市里卖鳄鱼肉，有不少市民为了看新鲜，特意来到了超市，他们看完了鳄鱼肉后，就随手买走了不少生活用品。多卖三千块，利润正好是四百八十块，这笔钱照给小魏的点子费还差二十元。

小魏当天下午得意洋洋地来到张大能耐的办公室，说道："这卖鳄鱼肉对超市果然有好处呀！"

张大能耐眼睛一瞪，叫道："打住，以后少在我面前说鳄鱼这两个字，对了，上班时间，你私自脱岗，罚你二十，赶快掏钱！"

修炼成精的一条鱼

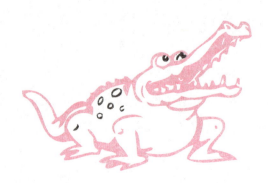

爱情不斗彩

一、水勺折断

柳菲菲的父亲是天水市的画家柳成元。柳成元最擅长的便是工笔人物。柳菲菲在西南美术学院毕业后，就在父亲的画室继续学画，她这一学，便是五年，经过磨炼，柳菲菲画的工笔人物，已经是青出于蓝了。

柳成元为了不耽误女儿的前途，他先求本市书法协会的主席给省城的大画家张一邙写了一封推荐信。柳成元还把祖传的宝贝西瓜水丞（文房用品，装水的一种用具）拿了出来。他叫女儿把这个祖传宝贝当拜师礼物送给张一邙。

柳家这件西瓜水丞，是一件明成化年间的斗彩，斗彩瓷是在高温下烧制的青花瓷器上，用多色的矿物颜料进行二次补彩，补彩后，再将瓷器经过低温烘烤，斗彩瓷便被烧成了。斗彩瓷色泽绚丽，是瓷器中的精品。

这件西瓜水丞的外形，就是一个青色的西瓜，西瓜的上面，趴伏着绿蝈蝈，黑蛐蛐，还有几只色彩斑斓的蝴蝶。这件西瓜水丞的顶端还生有一个叶柄，其实这个叶柄就是一个和水丞配套的斗彩水勺。

柳菲菲用厚厚的绒布将祖传的宝贝包裹好，然后将绒布包放到了皮箱中，她一路颠簸来到了省城。柳菲菲觉得把没有包装盒子的宝贝给张一邝送过去，有失礼貌，她就来到了省城的文物市场。

柳菲菲在市场一路转下来，最后停在了文房斋面前。文房斋主营文房用品，除了笔墨纸砚外，还经营各式各样的外包装木盒，柳菲菲走进文房斋，她和售货员一提购买木盒的要求，那售货员急忙给老板打电话，过了不大一会，文房斋的老板邱斌就从二楼下来了。

邱斌今年三十岁，一米六八的个子，面孔微黑，如果叫他穿上一身工作服，他就是普通工人的形象。别看邱斌外貌不佳，可是谈吐风雅，气质不俗。

邱斌听完柳菲菲的要求，他呵呵一笑道："买木盒子，请到二楼吧！"

邱斌领着柳菲菲来到文房斋的二楼，二楼上面的陈列柜中，果然摆着三十多只各式各样的木盒子，邱斌拿出了一只四角包铜的红木盒子，看着这只精致的木盒子，柳菲菲一眼就相中了。

柳菲菲和邱斌谈好了价钱，邱斌打开红木盒盖，他两手端着西瓜水丞就往红木盒子里装，水丞还没等入盒，就听"咔嚓"一声响，那只水勺的勺柄卡到盒壁上，竟一断为二了。

邱斌一见自己闯祸了，连忙道歉道："不好意思，不好意思，折断了您的水勺勺柄，我，我一定会全额赔偿您的损失！"

柳菲菲大叫道："这可是我拜师的礼物呀，你怎么赔？！"水勺一折为二，没了叶柄的水丞真是难看得要死。没有了这件祖传的宝贝，柳菲菲拿什么去拜师呢？

柳菲菲急得一边抹眼泪，一边给父亲打电话，柳成元刚开始时还不相信这是真的，听女儿确定了斗彩水勺折断的消息后，他心痛得也是直跺脚。

柳成元告诉女儿，目前的办法只剩下一个了，那就是叫邱斌买一个可以和西瓜水丞配套的水勺来，只有这样，柳菲菲拜师的愿望才能实现。

邱斌听完柳菲菲的要求，他苦着脸说道："你这个要求可是有点难度呀！"

柳菲菲眼睛一瞪，尖叫道："你找不来合适的斗彩水勺，我就住在你的店里不走了！"邱斌也知道明代斗彩瓷的珍贵，可是现在冷手抓热馒头，叫他到啥地方去弄斗彩水勺呢？就在邱斌一个劲儿哀求柳菲菲的时候，他兜里的手机响了，原来是邱斌的朋友给他发来了一条短信，那条短信上说，他们在城外的西关村收购文物的时候，发现了五六件文房精品，问邱斌是否过来看一眼。

那条短信的下面，还附有一张照片，邱斌看着照片，他"咦"了一声，对柳菲菲说道："你看这张照片里的水勺，好像和折断的那只水勺有点儿像呢！"

二、几番曲折

柳菲菲为了拜在名师的门下，她将心一横，只得上了邱斌的越野吉普车，两个小时后，就来到了城外的西关村。两个人来到那个有文房用具的卖主家里，柳菲菲看过那只水勺后，她的心一下子凉了半截。这只水勺的模样虽然和她折断的那只差不多，可是明显地小了一号，也就是说，这只水勺放进水丞中，便会"咕咚"一声，掉到里面洗澡去了。

邱斌和卖主商量了半天的价格，可是对方要价太高，这买卖根本没法成交。眼看着买卖陷入了僵局，柳菲菲眼睛忽然落到墙上挂的相框上，她对卖主说道："这对新人是您的儿子和儿媳吧？"

卖主兴奋得连连点头，说道："是呀！"卖主一介绍情况，柳菲菲这才明白了过来。卖主的儿子退伍回乡，就被乡亲们推举为村主任，他领着乡亲们修大棚，种蘑菇，五六年的时间，西关村的面貌为之一变。

有了梧桐树,自然能引到凤凰来。城里的小丽姑娘在农业大学毕业后,她从电视里看到了西关村的变化,便自愿来到西关村当上了技术员……小丽姑娘要嫁给农民的儿子,这可是让整个西关村都值得高兴的大事!

卖主之所以要处理掉这些祖传的宝贝,就是想给儿子再筹一笔钱,然后扩大蘑菇大棚的种植面积。卖主和柳菲菲越唠越近乎,最后,竟同意了邱斌开出的价格。

柳菲菲气呼呼地坐着邱斌的车,回到了省城,邱斌非要请柳菲菲吃饭不可。原因很简单,今天要不是柳菲菲陪他去买东西,那几样文物的成交也不能这样痛快。

两个人来到了格兰西餐厅,邱斌为了赔罪,给柳菲菲点了一份法国的红酒小牛排配沙拉,他则要了一份比萨。两个人吃罢晚餐,邱斌告诉柳菲菲,他会留意市场上的水勺,如果有什么消息,他会第一个告诉柳菲菲的。

柳菲菲警告邱斌,寻找水勺的事一定要抓紧,耽误了她拜师,就等于扼杀了一个未来的大画家。一转眼,一个星期过去了,柳菲菲的手机响了,打电话的正是邱斌,邱斌告诉柳菲菲,求购斗彩水勺的事情有些希望了!

柳菲菲接到邱斌的电话,她急忙赶到了文房斋,邱斌先拿出了一张照片,看到照片,刘菲菲不由得愣住了。

那照片上,竟然也是一只斗彩的西瓜水丞,照片上的水丞和柳家的水丞模样挺像,只不过这只西瓜水丞是碎掉的。原来昨天下午,本市一个名叫高子寒的收藏家找到了邱斌,原来他收藏的一只西瓜水丞不小心打碎了,高子寒的意思是,叫邱斌帮他收购一只和照片上一样的西瓜水丞。并不惜价钱。

柳菲菲说道:"可我这只水丞是不卖的!"

邱斌笑道:"你错会我的意思了!"

既然高子寒的水丞碎掉,那么一定会有一只闲下来的水勺。再过几天,如果邱斌找不到照片上的那种西瓜水丞,没准高子寒就会把闲下来的水勺卖给柳菲菲呢!

购买水勺的事邱斌没法出面,但不管高子寒开出了什么价钱,这笔钱邱斌都会付给柳菲菲的!

邱斌这主意不错,一个星期后,柳菲菲找到高子寒,高子寒听完柳菲菲的要求,他呵呵笑道:"柳姑娘,我即使把那只水勺送给你,你都不会要的!"

高子寒打开抽屉,从里面拿出了一把不值钱的铜勺子来。原来和高子寒那只西瓜水丞配套的水勺早在几年前,便已经碎掉了。

高子寒不仅是位收藏家,也是位书法家,他那只斗彩的水勺断掉后,他就一直在用这只普通的铜勺子,从水丞里舀水,倒到砚池中,磨墨写字。

柳菲菲看着这个平平无奇的铜勺子,她惊讶地道:"可是这只铜勺和西瓜水丞也不相配呀!"

高子寒呵呵笑道:"相配不相配,你听我讲个故事就知道了!"

三、日久生情

几年前,高子寒的原配夫人因为车祸身亡,高子寒意气消沉,在一天夜里,他酒醉后失手,打碎了水勺。

本市收藏家协会的秘书长就是韩楚琴,韩楚琴比高子寒年轻了十岁,她的个子也比高子寒要高出五厘米,韩楚琴对高子寒关怀备至,对于这份突如其来的爱情,高子寒真的有些不知所措了。

高子寒就用两个人不般配来回绝韩楚琴,韩楚琴也不理高子寒,她找来了一个铜匠,命他照着斗彩水勺的样子,打造了一把铜勺子,交给高子寒使用。

斗彩水丞配铜勺,高子寒瞧着也别扭,可是他用熟了以后,高子寒看着这把铜勺也顺眼了。

高子寒终于明白了韩楚琴的意思,婚姻是两个人的事,什么叫不般配? 日久天长习惯就好了。韩楚琴这些日子正在北京开会呢,这一两天就要回来了。高子寒前些日子不小心,把代表两个人爱情的水丞弄碎了,他怕韩楚琴回来责怪,就找到邱斌,希望邱斌能给自己买一个同样的水丞来。

柳菲菲想了想说道:"我手里倒有一个斗彩的西瓜水丞!" 柳菲菲自然不能卖传家之宝,但他却可以把这件宝贝借给高子寒! ……

三天后,高子寒给柳菲菲打电话,他已经向张一邙介绍了柳菲菲,张一邙答应见柳菲菲了。高子寒告诉柳菲菲,只要柳菲菲能通过张一邙的考试,张一邙就答应收她为徒。

柳菲菲急忙把自己画的一幅工笔画送了过去。柳菲菲来到张家,她惊奇地发现,自己借给高子寒的那个斗彩西瓜丞,就摆在张一邙的案头。张一邙看完工笔画,他不置可否,只是拿出了一封信,然后嘱咐柳菲菲回去再看。

柳菲菲回去之后,打开书信,她高兴得"嗖"的一声,跳了起来。张一邙已经同意收柳菲菲为徒了。

张一邙在信中告诉柳菲菲,她画的工笔画不错,只要经过他的点拨,一定会成大器的。他还告诉柳菲菲,柳菲菲托高子寒送给他的那个铜勺西瓜斗彩水丞,他已经越看越顺眼了。

张一邙在书信的最后,强调了一点,那就是,张一邙的徒弟不仅要会画画,还要学会生活才成。

柳菲菲不仅个子高，模样也漂亮，她找对象的条件自然不低，柳菲菲从上大学的时候就开始挑男朋友，一直挑到现在，她都把自己挑成剩女了。柳菲菲这次来省城，通过寻找水勺，她总算明白了一个道理，那就是，爱情很多时候不是烧制斗彩瓷，可以任人描绘。婚姻只是两个人的事，习惯后的感觉也很美！

柳菲菲想到这里，她给邱斌打了一个电话，两个人约好在星巴克咖啡厅见面……一年后，邱斌和柳菲菲终于恋爱成功，他们在本市的天龙大酒店举行了婚礼。

柳成元始终也没有和女儿说出实情，其实他和张一邝认识，张一邝也早就答应收柳菲菲为徒。柳家那个斗彩的水勺柄其实是被柳成元弄断的，他只是粗略地用胶水黏了一下，他只有这么做，邱斌再次弄断水勺柄才会很容易得手。

邱斌是张一邝的外甥，去年柳成元到省城拜望张一邝，高子寒就想当邱斌和柳菲菲的红娘。柳成元对于邱斌的学识和人品，心里一百个满意，可是邱斌的外貌并不突出，为了拉近这对年轻人的距离，三人经过谋划，便订出了这样一个碎瓷计，果然天遂人愿，爱神的金箭射中了他们，邱斌和柳菲菲的婚事就水到渠成了。

修炼成精的一条鱼

一、奇怪的规定

庞宇属猪的，今年 53 岁，人生得脑袋大，脖子粗，他是辽西滨海市一家大型海鲜货运公司的老板。

滨海市渔业发达，每天从远洋渔船上卸下的海产，都需要用保鲜冷藏车送往内地各市，说明白一点，庞宇干的就是送鱼的生意。

庞宇海鲜货运公司经营了十几年，已经成了本市海鲜运输业的龙头老大。该公司还有一个新奇的规定，那就是每到年底，庞宇都得请本公司贡献最大的员工吃顿饭，然后满足该员工的一个合理要求。

货运公司的司机们经过评比，最后，这个和老总共进晚餐的好机会就落到了张睿的头上，张睿是西北专线货运车队的队长，别看他刚刚三十出头，可是却领着西北专线的一百多名司机，多拉快跑，安全行车。西北专线的运营额，在货运公司里是最高的。

庞宇要请张睿共进晚餐的事一传开，庞宇的三个磕头把兄弟张一手、姚光头和杜胖子可就不干了。

庞宇当初创业的时候，要不是有这三个把兄弟出钱帮忙，哪能成就今天如此大的事业。姚张杜三个人联合一起，然后气呼呼地找庞宇告状来了——别看张睿能干，可是他却是个刺头，不听话不说，还给他们三个公司的领导起外号呢！

庞宇听自己的三个把兄弟讲完话，他笑道："张睿都给你们起了什么外号？"

姚光头气呼呼地说道："他竟敢叫我比目鱼！"张一手和杜胖子也说出了自己的外号，他们分别被张睿叫成了刺猬鱼和老头鱼。

庞宇听自己的三个把兄弟讲完，他一拍桌子，叫道："既然这样，这顿饭我就更得'请'张睿了，我要在酒桌上，狠狠地教训他，替你们出这口恶气！"

三天后，庞宇在帝王度假村宴请张睿。张睿刚走进包间，他的眼睛就直了。今天这顿饭实在是太丰富了，有澳洲的龙虾，泰国的血燕窝……这桌酒席的价钱，至少也得一万块往上。

张睿来的时候，兜里已经揣好了一封辞职信，舟山的一家海鲜货运公司，已经请他三四次了，想叫他到那里当货运总队的大队长。开出的月薪是一万，可比庞宇给他的一月三千元多多了！

张睿面对美食，还哪好意思掏辞职信？他先是咽了两口吐沫，然后对着庞宇一竖大拇指，说道："庞老板，您真够意思！"张睿甩开了膀子，对着桌子上的美味佳肴就开始了扫荡。

庞宇看着张睿大吃二喝的样子，他皱了一下眉头说道："张队长，你知道咱们货运公司每年宴请员工的目的吗？"

张睿将嘴里的一块美洲鱼咽到了喉咙里，他含混不清地说道："知道，您一是对员工表示感谢，二是想问我对公司有什么好的看法和建议！"

张睿赴宴之前，他早已经把庞宇宴请员工的套路都打听清楚了。

庞宇刚要问张睿对公司的看法，张睿抢起筷子，将一块鳄鱼肉塞到了嘴里，然后连打了几个饱嗝说道："庞老板，我来时倒也想好了七八条建议,可是看到桌子上的美食,那些建议就统统地被我忘记了!"

庞宇不满地说道:"你没有建议,我倒对你有个意见,请你以后不要再随便给人起外号了!"

张睿现在已经喝光了一瓶五粮液,他大着舌头嚷道:"起外号?我好像就给公司里的四位领导起过四个外号呀……对了,今天庞老板还要答应我一个要求呢,那就这样吧,三天后,我也在这里也请您吃顿饭!"

还没等庞宇说话,张睿脑袋一低"咣"的一声,就趴在了桌子上,睡着了。

二、请吃四条鱼

三天后,庞宇开车来到了帝王度假村。张睿早在包间里等着他呢。庞宇对张睿问道:"今天,你要请我吃什么呀?"

张睿嘿嘿一笑,说道:"今天我请您吃四条鱼!"

包间的服务员得到张睿的允许后,首先把一条清蒸比目鱼端了上来。滨海市海产丰富,庞宇干的又是海鲜运输的老板,他啥鱼没吃过呀?张睿请他吃鱼,这真是有点搞笑了。

庞宇为了礼貌,他拿起了筷子,尝了一口绵软清香的比目鱼。张睿问道:"庞老板,您知道比目鱼的眼睛长在什么地方吗?"

这样浅显的问题还能难住庞宇?比目鱼又叫塔么鱼,它栖息在浅海的沙质海底,靠捕食小鱼小虾为生。它们为了适应在海床上的栖息生活,所以身体扁平,双眼同生在身体朝上的一侧,故此才叫比目鱼。

张睿一拍桌子,叫道:"您也知道,我给姚经理起了个外号叫做比目鱼,其实这个外号对他真的很贴切!"

姚光头分管海鲜运输公司的人事,可是他一天到晚坐在办公室里,眼睛整天瞧着天花板发愣,他对公司的人事基本一窍不通,所以张睿才会送比目鱼这个外号给姚光头。

庞宇瞪着眼睛问道:"那么张经理刺猬鱼的外号又是怎么一回事?"

张睿一拍巴掌,两个男服务员推着一个带轱辘的水箱走了进来,这个高大的水箱里,装着一只浑身长刺的刺鲀鱼,这种刺鲀鱼是一种生活在珊瑚礁附近的海洋鱼类。它遇敌害攻击时,便会吸进空气,令腹部膨胀,皮肤上的刺都竖立起来,成为一个大刺球,使敌害无从下嘴。

张一手在公司管的是车辆修理,司机们一旦把车开坏了,送到张一手那里去修,张一手便会不管三七二十一,先把给自己找麻烦的司机狠批一顿。

司机们背后都说张一手浑身都是懒刺,张睿送他刺猬鱼的外号,也有一定的道理。

两名男服务员把带轱辘的水箱推到了后厨房,随后第三盘红烧老头鱼便被端了上来。

庞宇盯着盘子里的那条怪模怪样的老头鱼,他自言自语地说道:"我知道你为啥要给杜胖子起老头鱼的外号了!"

老头鱼又叫安康鱼、蛤蟆鱼。它是一种深海鱼,老头鱼嘴巴大,头顶上有根钓竿,能发出闪光来引诱小鱼,小鱼一旦被引诱过来,它便张开大口,将其一口吞掉。

杜胖子管的是运输公司的货运专线。运输公司的司机们往外运鱼的时候就不说了,可是空车回来的时候,司机为了赚外快,大多数都会偷偷地配货。

杜胖子为了对付偷偷配货的司机,就雇人假装货主,然后对司机们进行钓鱼,罚款。张睿管杜胖子叫老头鱼,看样子还真的挺贴切。

庞宇还没等问张睿请自己吃的第四种鱼是什么,他包里的手机就响了,原来滨海市主管民营经济的刘主任给他打电话,叫他过去参加先进个人的表彰大会。庞宇站起身来，说道："张队长，你好好过个年吧，你那第四条鱼，等过完元宵节咱们再吃也不迟！"

张睿给庞宇的三个拜把子兄弟，起了那么三个难听的外号，张睿觉得庞大老板一定会发脾气，庞宇一生气，便会将自己开除，张睿就会省下辞职的麻烦了。谁会想到，庞宇不仅没有生气，反而和他约定继续吃鱼，看来张睿辞职这个事，还真的很难办呀！

三、老板不容易

过完元宵节，张睿愁眉苦脸地来到公司。他抬头一看，一张大红纸贴在了办公楼的前面。

那上面写着——经过公司集体研究决定，郑重任命张睿为海鲜货运公司的总经理。海鲜货运公司的总经理月薪是一万二，看样子张睿不用辞职去舟山了。

姚光头、张一手和杜胖子看完庞宇的决定，当即就炸毛了，他们三个人本来就跟张睿不对付，如今叫张睿管着自己，这小子还不得骑在他们的头上拉屎呀。

姚张杜三个人一起去找庞宇，庞宇正准备出门呢，他听完三个把兄弟反对的意见，庞宇"嘿嘿"一笑道："我这招叫欲擒故纵呀！"

海鲜货运公司家大业大，岂是一个小小的货运队长能管的？一旦张睿在管理过程中出现了什么纰漏，那就有了将他打入十八层地狱的理由了。

姚光头听庞宇讲完自己的计划，他激动得一竖大拇指，说道："高，大哥真是高啊！"

庞宇收拾完行李，然后叮嘱道："我外出的这些日子，你们都听张睿的,一旦出了问题,我好找他算账!"

张睿在货运公司的底层干了三四年,他对于货运公司的弊病那是门清呀,他当上了总经理后,立刻对人事、修车和货运专线着手进行改革,随着一些可以叫司机捞外快、钻空子、揩油水的漏洞被堵死后,司机们可就不干了。

要知道庞宇的货运公司本来工资就不高,没有了那些油水,可叫海鲜货运公司的司机怎么干下去?

公司的三百多名司机一商量,竟要集体炒货运公司的鱿鱼,姚光头一见形势不好,他立刻给庞宇打电话,庞宇一听公司的司机要闹哗变,他急忙坐飞机从西安赶了回来。

庞宇为了安抚司机们的情绪,他只得当众宣布,免了张睿的职务。张睿听到免职的决定,他的一张脸都被气青了。

庞宇笑嘻嘻地来到张睿的身边,说道:"张睿老弟,你还欠我一条鱼没吃呢!"

张睿"哼"了一声道:"想吃第四条鱼,那还不好办?"

庞宇开车拉着张睿又一次来到了帝王度假村。庞宇随手点了几个菜,张睿则叫厨师给他们做了一条胖头鱼。

胖头鱼体型笨拙,行动迟缓,完全就是一副弱智的模样。张睿见庞宇整天当甩手大掌柜的,并任由他那三个外行的把兄弟胡闹,便给他起了个"胖头鱼"的外号,那意思就是说庞宇是条傻瓜鱼。

庞宇看着面前这条醋熘胖头鱼,他先是呵呵大笑,接着又亲手给张睿倒了一杯五粮液,说道:"张老弟,你当咱们海鲜货运公司的总经理两个月,可知道司机们在背地里给你起了个什么外号吗?"

张睿吃惊地说道:"我也有外号?"

海鲜货运公司的司机们给张睿起的外号更吓人,竟是——大鲨鱼。

张睿不服气地说道:"我只是堵住了公司的漏洞,叫他们不要继续损

害公司的利益——反正我这条'大鲨鱼'问心无愧！"

庞宇可不是傻子，是张睿把他看简单了。庞宇心里明白着呢。司机出门在外，是否空车偷着拉货全凭自律。这漏洞就是秃子脑袋上的虱子——明摆着。这可是全国各大货运公司都无法解决的弊病。

因为司机们有额外的收入，所以庞宇给司机的工资并不高，张睿为了解决公司司机私自配货的问题，他便雇了三百多个押车员，这些押车员不仅要押车，还当装卸工，总之他们跟司机一起出车，就是监督司机是否有偷着配货的行为。

张睿这么做，公司首先要付出一大笔雇人的资金，但是效果也是立竿见影的，确实是堵住了配货的漏洞，但同时也是断了司机们的财路，也不怪司机们一起造反了。

庞宇呵呵笑道："你那招雇用押车员的办法我也想过，但那是要花钱的，最后吃亏的还是公司。这招只能算是下策……我为了维持局面，只能违心选用了三名庸才，并对司机们睁一只眼，闭一只眼，默许他们偷偷地配货，维持公司运转，可是这招只能算是中策！"

庞宇原来不是傻呵呵的胖头鱼，他这个胖头鱼难得糊涂的道行，可比张睿这只大鲨鱼要强多了。至少在胖头鱼的领导下司机没有造反！

张睿心悦诚服地说道："庞老板，我知道您的厉害了……我被解职一点都不冤，我现在就另谋生路去了！"

庞宇一把拉住了张睿的手，说道："张老弟，你是人才，我怎么舍得叫你走呀！"

庞宇用了两个月的时间，他一共去了六个地方，那六个地方都是他们海鲜货运公司送鱼的目的地城市。他已经在那六个城市新建了六个大型的配货站。

现在他们公司的司机将鱼送到地方后，就可以直接开车到配货站去拉回货。庞宇的意思是按照多劳多得的原则，给司机30%的运费当提成。

这一个困扰货运公司多年、令人头痛的问题,就被庞宇这条"胖头鱼"轻易地解决了。而张睿认真,执着还不畏上,他就是那六家配货站总经理最合适的人选。

张睿经过这一场教训,他深深地明白了,千万不要小瞧了那些表面上傻瓜瓜的胖头鱼。想做一条合格的胖头鱼,还真的需要一番艰苦的修炼!

剥皮岭

一、剥皮怪病

剥皮岭位于天水市外一百里的地方,这里山高林密,湖泊众多,以前的时候,山里曾有大量的林蟒出没,故此捕捉这些蟒蛇的猎人,便拿剥皮岭当成了聚宝盆。

两丈长的林蟒被猎人捕到后,当即便在山上被杀死剥皮,这就是剥皮岭血淋淋名字的由来。

自从森林动物保护法颁布后,林蟒被定为国家二级保护动物,天水市的森林派出所对偷猎者也加大了打击的力度,可是那帮财迷心窍的偷猎者,还是在暗地里干着偷偷猎杀林蟒的生意。

林卓原是剥皮岭林场的厂长,他对那帮猎蟒者早就深恶痛绝,为此他让儿子林晓强考了警官大学,林晓强毕业后,回到了剥皮岭,他从最基层的森林警察干起,三年后,他就成了森林派出所的所长。

林卓有一次领人巡山的时候,他发现了一条胳膊长的幼蟒,这条幼蟒的母亲被偷猎者杀死剥皮,它失去了照顾,眼看着就要奄奄一息了。

林卓就把这条幼蟒捡了回去,每天喂给它蛋清、面包渣,就像养宠物似的养了起来。

半年后,林场解体,林卓就回到了天水市,他为了照顾这条渐渐长大的林蟒,便在市郊租了一个小院。他每天除了和几个要好的朋友喝茶下棋外,便是养蟒自乐。

三年后,林卓养的这条蟒就长成了大蟒,老爷子还给这条蟒起了一个名字——小乐。

林卓养蟒的事儿最后被报社的记者知道了,他们就以"人蟒共处"为题,在报纸上发了个头条,上面还配了林卓怀里抱着小乐的照片。

林卓养蟒的消息上报后,但林晓强就急匆匆地回到了家里,林卓看着儿子一脸愁容,他纳闷地问:"你遇到难事了?"

偷猎林蟒的罪犯虽然一直在剥皮岭活动,但林晓强相信自己,有朝一日,他定能将这个团伙抓捕归案,可现在让林晓强为难的是,社会各界对林卓的议论。

林晓强是森林派出所的所长,他干的事情是护蟒,而林卓却在养林蟒当宠物,这岂不是在监守自盗吗?

林卓听儿子讲完话,气得他一拍桌子:"我几年前要是不收养小乐,小乐还不早就冻饿而死了?"

林晓强一边连声说是,一边试探地说:"爹,我看您最好还是将小乐放生吧?"

林卓权衡半天,他为了不让儿子为难,说:"放生就放生,毕竟剥皮岭才是小乐真正的家！"

第二天一早，林晓强先通知了报社的记者，然后开车直接来到了父亲租住的小院门口，林卓抱着小乐上车后，面包车一路飞驰，直奔剥皮岭而去。

父子二人来到了剥皮岭入口的时候，报社的记者们早到了，林卓在当年捡到小乐的地方，将它放下，他看着小乐卧在自己的脚边，不忍离去的样子，林卓用手指着密密匝匝的丛林说："小乐，赶快去吧，那才是你真正的家，不过我要提醒你一点，你可千万不要落到那帮猎蟒者的手里呀！"

林晓强安慰自己的父亲说："爹，你放心，小乐有我保护着呢！"

报社的记者将林卓放蟒的经过全都用镜头记录了下来，不用想，放蟒的消息自然是第二天报纸的头版头条。

林卓回到市里后，当天晚上就病倒了，他高烧不退，还一个劲地说胡话。林晓强急忙开车将父亲送到了医院里。直到第二天一早，林卓的高烧才渐渐地退去了。

林晓强刚松了一口气，就见林卓"嗷"的一声惨叫，他神情痛苦地从病床上直坐了起来……

林晓强急问道："爹，您哪里不舒服？"

林卓痛得龇牙咧嘴地说："我怎么感觉有人在剥我身上的皮？……"

二、赤脚大夫

林卓只觉得身上的皮肤好像在被人剥的感觉，不管吃什么进口药，就是止不住那种钻心的疼痛。

林晓强狐疑地说："爹，我想您身上的痛，一定是担心小乐的安危，思虑过度才引起的！"

林卓一边呼痛，一边说："小乐是不是被那帮猎蟒的兔崽子们抓起来了，正在剥皮，我感觉太痛苦了，哎哟！……"

林卓得的这种怪病，真把天水市中心医院的专家们都难住了，有的专家说，这种病叫妄想型神经痛，有的专家说这种病名叫神经性心理痛，可是医院不管怎么治，林卓得的这种怪病，就是不好！

林晓强将派出所的工作安排好后，他日夜在医院守护着父亲，这天半夜，痛得乱哼哼的林卓一把拉住了儿子的手说："再这么痛下去，我自杀的心都有了，我要出院，不能在这待下去了！"

林卓在剥皮岭林场上班的时候，他在山下的五道梁村认识一个赤脚医生，这个赤脚医生姓马，马大夫经常上山，采集各种中药，给人治疗各种疑难杂症。既然西医不管用，林卓就想去找马大夫，没准乡野的大夫就能妙手回春呢！

林晓强也觉得这样拖下去不是办法，他同意了父亲的要求，第二天一大早，他办理了出院手续，然后开车载着父亲，直奔五道梁村而去。

林家父子来到马大夫诊所的时候，马大夫却背着个药篓，进山采药去了。马大夫的老伴认识林卓，她急忙将林卓接了进来。

直到天黑的时候，马大夫才背着个药篓回来了，他一见林卓，紧走几步，激动地说："老厂长，你可把我给想死了！"

"我也想你呀！"林卓苦着个脸，说："老马，你赶快帮我看看，我身上的皮肤痛得太厉害了！……"

马大夫脱下了林卓的上衣，他刚用手摸了一下林卓的皮肤，林卓痛得"嗷"的一声大叫，马大夫惊叫道："我知道了，你这是花粉中毒了！"

剥皮岭上，有一种有毒的花粉，这种花黏粘到人体的皮肤上，毒素便会侵入到人的毛囊之中，这种花粉所带的毒素，可以使人的皮肤的灵敏度提高到十几倍，别说外力接触，即使是一阵风吹过，都会使人觉得痛苦无比！

林晓强一见马大夫找到了治病的原因，他急忙问："马叔叔，您可有根治的办法？"

马大夫说："办法倒是有，只不过我得进山采几样草药！"

林卓一挥手，对儿子说："采药可是个力气加技术的活，明天晓强你就帮马叔叔进山采药去！"

马大夫将脑袋晃成了拨浪鼓，连说不用林晓强帮忙。林卓一拍桌子说："老马，晓强虽然不懂采药，可是他总能帮你背着药篓吧，你要是跟我这样见外，我这就回城等死去！"

马大夫一见林卓将话都说到这个份上，他也只好点头同意，就这样，林晓强就好像尾巴似的跟在马大夫身后，进山采药去了！

三、巧妙破案

马大夫采回了七八种中草药，林晓强将这些中草药杵碎，马大夫则将这些黏黏的药糊，涂到了林卓的身上。

说也奇怪，这些怪味刺鼻的药糊被涂到了林卓的身上后，林卓身上的莫名剧痛终于被止住了。

可是这些草药的药力一过，林卓又会痛得连喊再叫。马大夫又换了几种配方，可是不管怎么治，林卓身上的莫名疼痛，就是不能去根。

一转眼，一个星期过去了，林晓强不放心森林派出所的事，他开车回去了一趟，可是回来的时候，却领来了四名全副武装的警察。

这四名警察来到了马大夫的家，他们一亮证件，说："请你跟我们走一趟，我们怀疑你和猎蟒的犯罪分子有联系！"

马大夫对着林晓强说："晓强，你可是森林派出所的所长，你最能证明我的清白！"

林晓强说："你清白不清白，到了派出所，不就什么都知道了？"

林卓和林晓强一起，也回到了派出所。两名森林警察随后进山，他们来到放生小乐的那个山坳，在山坳旁边的一棵大树上，取下来了一个微型摄像机。

林晓强当着马大夫的面，大家一起观看摄像机里面拍摄的内容——林家父子将蟒蛇小乐放生后，大家一起下山，不大一会儿，从旁边的灌木丛中，鬼鬼祟祟地钻出了一个微胖的身影，这个身影背对着镜头在地上摆了三块石头，三块石头的石头尖，全冲着小乐爬走的方向。然后这个微胖的身影就钻进树丛，从镜头里消失了。

林晓强跳过了摄像机里的一段空镜之后，夜晚，一伙蒙面的猎蟒者出现了，他们根据地上三块石头的指引，轻易地就找到了小乐藏身的石洞，那个石洞的洞口太小，根本就钻不进人，那帮猎蟒者一无所获，正准备骂骂咧咧离开的时候，在附近埋伏的森林警察冲了出来，可是那帮猎蟒者熟悉环境，一个个跑得比兔子都快，最后全都逃掉了……

原来林卓放蟒，竟是父子俩订的一个引蛇出洞的计策。

从那个摆石头的人的体型上看来，确实很像马大夫。马大夫冷笑一声，说："没有看到那个人的脸，你们怀疑是我，难道不怕我到法院告你们诬陷？"

林晓强呵呵笑道："你被我们领到公安局，我随后就已经给你老婆打个了电话，我告诉她，你出事了，你想想，接下来会发生什么情况？……"

马大夫的老婆天生胆小，她得到马大夫出事的消息后，一定会挨个通知那帮猎蟒者赶快离开此地，等着林晓强做的，便只是收网了！

马大夫的面色如土，直到这时候，他才明白自己是彻底失败了，他这个剥皮岭最大猎蟒头子的末日终于来到了！

马大夫最后不甘心地问："你，你是怎么开始怀疑我的？"

林晓强笑道："让我给你揭开谜底吧！……"

剥皮岭山高林密,森林派出所的十多名干警根本就顾东顾不了西,每天猎蟒者都会和森林警察在捉迷藏。林晓强在山里勘察情况的时候,他经常发现,在林蟒被猎杀的现场,都会出现三块神秘的石头,那三个石头尖,指的便是林蟒巢穴的位置。

能摆石头的人,自然是那些能够能经常进山的人——护林员、采药者或者林场的工人,等等。那些身份各异的人经过逐一被排除后,最后大家将怀疑的目光一致落到了马大夫的身上。

林卓的病是装出来的,他这么做的目的只有一个,那就是以看病为借口,住到马大夫的家里。

自从林家父子住进了马大夫家,那帮猎蟒者竟一下子停止了活动。

很显然,是林晓强的警察身份,吓住了马大夫。马大夫当时也不知道林家父子上门的背后企图,他只得命令手下停止了活动。谁曾想就是这一个致命的漏洞,就让他彻底地露出了狐狸的尾巴……

这时候回望剥皮岭,青山绿水,鸟儿吟唱……

裁缝也疯狂

一、裁缝的故事

滨海市不仅经济繁荣,娱乐市场也是极度兴旺。随着名目繁多的演出团体的建立,给演职人员制作特体服装的行当便应运而生了。

邱鼐邱老爷子就是滨海市特体服装业的佼佼者。他名下的金鼎特体服装设计公司雄踞西北。邱老爷子正准备把自己的制衣公司,用连锁的形式推向全国的时候,突然觉得头迷眼花,一头累倒在公司办公室的椅子里。

邱鼐是脑血栓并发心脏病,如果他还像现在这样拼命地工作,恐怕生命就堪忧了。

邱鼐和老伴一商量,两个人决定去郊外歇马山庄的别墅住一段时间,公司的事情,就暂时交给了儿子邱家明打理。

邱家明今年三十六岁,他是邱老爷子的独生子。邱家明的爱人吕翠翠则是金鼎的首席设计师。邱家明跟着父亲这么些年,他制作的特体演出服装,比之邱老爷子设计的还要新潮。

邱老爷子隐居调理了一年多,身体也逐渐恢复了。就在这时,市歌舞团团长老戴到歇马山庄看他来了。

老戴和邱老爷子的私交甚好，老朋友一见面，自然亲热个不够，邱老爷子中午留老戴喝酒，三杯酒下肚，老戴长叹一声说道："老伙计，有一句话，不知道当讲不当讲？"

邱老爷子放下了手里的酒杯，诧异地说道："咱哥俩是啥关系，你有话尽管说！"

老戴一转身，在他携来的皮包里，拿出了一件演出服装，这件服装是老戴儿子在金鼎公司定制的。老戴的儿子现在是个歌星。可是这件服装他还没有穿一个月，就开线掉肩，根本不能穿了。

老戴儿子做这件演出服可是花了两千多块，他到金鼎公司去找邱家明理论，可是邱家明却振振有词地说道："演出服装做得太结实，不利于以后的更新和换代……"

老戴今天来歇马山庄，正好就把那件质量低劣的演出服给邱老爷子带来了。

邱家明制作的这件演出服，款式新颖，上面缀满七色亮片和玻璃珠，衣服的扣子也是铜质镀金的，辉煌耀目，灼灼发亮。可是这件衣服的用料，却是三流货色，不用穿多长时间，便会开线掉肩，没法穿着登台了。

邱老爷子看着这件开线掉肩的演出服，他的心脏气得"怦怦"跳，送走了老戴，他就拿起了电话……

邱家明这几天已经连着给邱老爷子打了好几个电话——现在金鼎公司的法人代表是邱老爷子，邱家明贷款、办事和顾客签合同，都非常的不方便，邱家明的意思是想得到父亲的授权，然后将金鼎公司的法人代表转到自己名下。

邱家明接到邱老爷子的电话，他还以为邱老爷子想传位给他了，谁曾想邱老爷子告诉儿子邱家明，赶快到别墅来一趟，他忽然想起了自己父亲讲的一个故事，他的意思是让邱家明记录下来，不然到了明天，他又忘记了。

邱家明为了讨好邱老爷子,他最近找了一个作家,想给邱老爷子写本自传。其中有个章节记录的就是邱家的老故事。

邱家明开车二十分钟后,就来到了歇马山庄,他今天需要记录的是一个关于铜扣子的故事。

二、扣子和衣饰

明朝末期,镇守平北关的便是韩阔。韩阔这个人倒也熟读兵法,武功高强,可是他却有两样坏毛病,一个是爱慕虚荣,一个是好大喜功。

韩阔手下的明军队伍中有一个火枪营,火枪营的领队就是刘千总。韩阔为了对外显示他治军有方,军容严整,他便下令,剪掉火枪营弟兄们胸前衣服上的布扣袢,全都换成了黄铜扣子,这铜扣子经阳光一照,金灿灿的一片。确实显得他手下的火枪营不同凡响。

韩阔几次和清军作战,都是靠虚报战功,搪塞朝廷,韩阔战绩不实的消息被朝廷知晓后,当朝天子震怒,便写下圣旨,对其降罪,韩阔一见自己人头难保,他便杀了传旨的钦差,然后召集自己的死党,易帜反明,投降清军。

韩阔造反的消息传出,火枪营的弟兄们可不干了,他们在刘千总的带领下,高举火枪,浩浩荡荡,讨伐韩阔而来。

韩阔一声令下,他率领的三千多人的亲兵队伍前去迎战,长街之上,火枪营被韩阔的亲兵团团围困了起来。一时间枪鸣箭响,杀成了一团。

韩阔亲兵手中的弓箭虽然没有火枪犀利,可是火枪营配发的火药和枪砂有限,一场激战后,火枪营的枪砂便首先射空了。

十几名贪生怕死的火枪营士兵扛着火枪,悄悄投奔了韩阔,韩阔听说火枪营士兵的枪砂用尽，他得意地大笑一声道："弟兄们，灭掉火枪营，一人赏银一百两！"

韩阔挥动大刀，他骑着战马，第一个杀向了火枪营。可是火枪营阵地上，刘千总右手一挥，他身后的几百杆火枪齐声轰响，冲在最前面的韩阔连人带马，立刻便被射成了马蜂窝。

邱老爷子讲到这里，邱家明笑道："爹，我知道了，一定是刘千总藏起了一些枪砂，然后派了一些手下假投降，最后这才用火枪射杀了韩阔！"

邱老爷子摇了摇脑袋，说道："刘千总当时确实已经将枪砂都用尽了！"

刘千总射杀韩阔的，是弟兄们胸前的铜扣子。韩阔用铜扣子为自己装潢门面，最后却死在了铜扣子上，真可谓自作自受了。

邱家明记完了邱老爷子说的故事，他刚要张口提金鼎公司更换法人代表的事，邱老爷子却用手指揉着太阳穴道："头晕得厉害，快给我拿药来！"

邱家明又是取水又是拿药，一直忙活到了晚上九点半，邱老爷子这才睡下了。邱家明回城的时候，他暗下决心，明天，一定要把公司法人代表的事情办妥。

金鼎公司在邱家明的努力下，制作特体演出服装的业务蒸蒸日上。邱老爷子现在身体不佳，他就有邱家明一个儿子，将来，这个公司的法人代表还是邱家明。

第二天中午的时候，邱家明正想给邱老爷子打个电话，没想到他办公桌上的传真电话"滴滴滴"地响了三声，随后一份传真便发了过来。

这份传真是邱老爷子给他发过来的。邱老爷子在今天早晨临时决定，他要和老伴去广州一趟，临行前，他又想起了一个同行讲给自己的故事，便记录在纸上，然后给邱家明传了过来。

邱家明拿起传真一看，纸上写的是一个外国的故事——三百年前，英国有个亲王，名叫威廉姆，他可是个非常摩登的亲王，跳拉丁舞，设计最新潮的服装，并和巴黎最红的歌剧女演员幽会，总之，威廉姆活得是非常潇洒。

可是好景不长，那个巴黎最红的歌剧女演员成了威廉姆的情人后，竟惹恼了英国的国王。因为这个女演员本来就是英国国王的禁脔。

英国国王给威廉姆网罗了七八项罪名，随后威廉姆便遭到了英国国王的追捕。威廉姆一见情形不妙，他急忙领着七八名手下，开始了逃亡。茫茫黑夜，追兵手里握着火把，映照得威廉姆身上的水晶亮片，明珠绿玉灼灼发亮。

威廉姆衣服上饰品的亮光，竟引来了追兵，威廉姆一边逃跑，一边用匕首将身上那些发亮的衣饰割下，并丢弃到了地上。等到威廉姆逃到几十里外的橡树庄园，他还没等喘一口气，随后而至的追兵已经将橡树庄园团团围住了。

威廉姆在橡树庄园被捕后，他才知道，正是自己丢弃在路上的那些衣饰将追兵引来的，这个无用的衣饰真是害人不浅呀。

邱家明拿着昨天和今天这两个故事去找吕翠翠，吕翠翠大学毕业，智商甚高，她看完这两个故事，说道："爹这是项庄舞剑，意有所指呀！"

邱家明制作的演出服装质量低劣的事情，一定是被邱老爷子知道了。邱家明脾气很拧，邱老爷子怕明着批评儿子，邱家明不接受，他这是在拐弯抹角地敲打儿子呢——做衣服要的是质量，铜扣子和衣饰并不重要。如果把全部精力都用在扣子和衣饰的变化上，势必会自己害了自己。

三、广州之行

广州正在召开东南亚地区的歌王大赛。邱家明接了东南赛区歌手郭美丽五件演出服装的订单,金鼎公司开足马力,五天后,五件美轮美奂的演出服装便被制作成功。邱家明和吕翠翠坐着飞机,直奔广州,为郭美丽小姐送演出服装去了。

邱老爷子和老伴来到广州,直奔东南亚地区歌王大赛的现场。他们在赛场上一边饶有兴趣地听歌,一边观看歌手身上穿的演出服装。可是邱老爷子一瞧自己的儿子儿媳又追到了广州,又推说脑袋迷糊,回酒店休息去了。

吕翠翠去给郭美丽送服装。邱家明则来到了酒店,走进了邱老爷子的房间。

邱老爷子正躲在酒店的屋子里看电视呢,他一见儿子进来,说道:"家明,我还有一个故事要讲给你!"

邱老爷子正要给儿子讲故事,正在这时候,电视上开始实况转播歌王大赛的第一轮初赛了,郭美丽身穿金鼎公司设计的服装,仙女一样地登台,可是她的歌刚唱了一半,就在郭美丽做一个大幅度的舞蹈动作的时候,就见"刺啦"一下,郭美丽演出服的一个肩部全都拔丝开线了,竟露出了衣服下面的文胸。

邱老爷子也顾不得给儿子讲故事了,他"啪"的一声,关了电视机,然后怒气冲冲地说道:"金鼎公司的演出服装就是这个质量?家明,你真的太令我失望了!"

邱家明不服气地说道:"爹,你知道吗,现在金鼎公司的订单,是过去的三倍!"

邱老爷子说道:"可是你把那演出服装做得和纸似的不堪一穿,到最后,还不是自己砸自己的牌子吗?"

邱老爷子讲的第三个故事,便是民国时期的一个歌星,因为追求穿的飘漏透和时髦,上台演出的时候,薄薄的衣服被撑开,现肩露乳,最后在报纸猛烈的舆论之下,这名歌星走上自杀之路!

邱家两父子谁也说不服谁,最后邱老爷子的头痛病又被气犯了,邱家明只得灰溜溜地关门离开了酒店。

第二天一早,邱家明兴冲冲地拿了一份晨报,给邱老爷子送了过来。邱老爷子打开报纸,当时就愣住了,只见报纸的头题上,赫然挂着郭美丽那张露出文胸的照片,看着那个漏光照的副标题,邱老爷子差点气得骂人——记者怀疑是郭美丽故意漏光,进而招引人气问鼎冠军。

郭美丽的漏光照片被全国的报纸和网站纷纷转载,一时间成了最火的事件。郭美丽的人气飙升后,她也一路过关斩将,杀进了决赛,最后取得了中国赛区第二名的好成绩。

郭美丽那漏光的服装一下子成了舆论的焦点,邱家明更是成了风口浪尖上的人物。金鼎公司的订单一时间雪片似的飘来,邱老爷子也糊涂了,难道自己真的是错了,现在制作衣服,真的是只要款式上过得去,就不需要内在的质量了?

金鼎制衣,漏光首选,这两句竟成了演艺界的行话。随着演员们身穿金鼎制衣漏光频频,观众们对那些故意漏光的噱头也看累了,报纸上也懒得报道演员的漏光事件了!

特别是网站上,对那些故意漏光而搏出位的演员们更是骂声一片。金鼎制衣一下子订单锐减,几乎到了无米为炊的境地。

邱老爷子没有办法,只得重披战袍,又回到了金鼎制衣,他通过关系,接单制衣,整理残局。经过几近半年的努力,金鼎制衣终于重新站稳了阵脚。

邱老爷子这天把儿子邱家明喊进了自己的办公室,然后递给了他一份公司法人代表的转移申请。

邱家明经过这一场事件,明显地成熟了很多,邱家明连说自己不顾衣服质量,疯狂行事,差点断送了金鼎的前程。他还需要历练几年,不想当金鼎的法人代表。邱老爷子呵呵笑道:"农民种地,工人上班,裁缝就要好好做衣服，这可是天大的道理呀，你既然明白了这个道理，说明你进步了！……"

藏书羊肉

一、查问奸细

平江路是苏州的一条古街，在这条街上，有一家吴记藏书羊肉店。这家店每天一开门，便食客迎门，一直忙到晚上的十点多钟，食客们仍是不肯散去。

吴记藏书羊肉店的老板名叫吴成德，吴老板今年五十多岁，他老伴三年前有病去世了。吴成德一个人领着一班厨师和伙计打理着自己家的羊肉店，辛苦自不待言。

吴成德有个闺女，名叫吴珍妮，吴珍妮大学毕业后，在上海的一家大酒店任大堂经理。吴珍妮年轻漂亮，后面追求她的帅哥足有一个排。吴珍妮这天早晨刚一上班，她的手机就响了，一接电话，竟是吴成德打给她的。吴成德在电话里语气急促地告诉女儿："珍妮，赶快回家一趟，家里出事了！"

吴珍妮在电话里连声问道："爹，家里出什么事了？"

吴成德急声说道:"你快回来吧,电话里说不清楚!"吴成德讲完这句话,便挂了手机,吴珍妮知道这些年父亲的辛苦,莫非是他累得住院了不成?

吴珍妮好不容易地向酒店的老板请了三天假,然后坐上了高铁,半个小时后,就回到了苏州,吴珍妮到家里一看,吴成德满面红光,一点儿也没有病态,家里出什么事了呢? 吴成德也不说话,他领着女儿来到自家的藏书羊肉店,隔着仿古花窗的窗玻璃,吴成德一努嘴,吴珍妮这才看清,在大堂里,有一个年轻的小伙子,正起劲地忙活呢。

这个浓眉大眼的小伙子是黑龙江人,名叫陈奇,陈奇来到吴记藏书羊肉店刚刚半个月,就引起了吴成德的注意。这个陈奇不仅长相英俊,手脚麻利,据和他住在一起的服务生讲,陈奇怀里还揣着一张硕士毕业文凭。试想一下,这样一个优秀的年轻人,肯屈身于藏书羊肉店里,甘当服务生,他必定有所图谋呀。

吴成德蒸制的羊肉,真可谓汤色奶白,肉质细嫩,其香无比,实乃平江路的一绝。某非这个陈奇是来偷艺的吗?

吴珍妮纳闷地说道:"如果怕陈奇偷艺,直接炒他鱿鱼不就彻底解决问题了吗?"

吴成德脑袋连摇,一个劲地说不成。要知道吴成德没有儿子,他蒸制藏书羊肉的绝技总不能失传了。陈奇若是奸细,一定要将他开除,如果他不是奸细,吴成德却另有打算,那就是收他当徒弟。

吴珍妮想了想说道:"爹,你喊我回来,我能帮您什么忙?"

吴成德是想让女儿帮自己考验这个陈奇几次,如果他真的是商业间谍,那么吴成德可就要手起刀落,将他从店里"咔嚓"了。

吴珍妮点头同意了父亲的计划,吴成德便走进店里,他先将自己的女儿介绍给了陈奇,然后对陈奇说道:"你在羊肉店工作,以后就听珍妮分派吧!"

二、泄露秘籍

年轻人之间确实好沟通。吴珍妮和陈奇交流了一会儿后,两个人俨然就好像是一对熟悉多年的好朋友了。吴珍妮一见陈奇对自己消除了戒心,她看了一眼停在外面的箱货车,说道:"陈奇,你和我去取水去!"

陈奇看着吴珍妮,纳闷地问道:"取水,取什么水?"

吴珍妮笑道:"当然是做白煮藏书羊肉的水!"

藏书羊肉前面的藏书两个字,取自于苏州城外的藏书镇,藏书镇是汉武帝时名臣朱买臣的家乡。传说朱买臣读书时曾经藏书于庙内,故名藏书镇,藏书镇世代相传,有烹制羊肉的好手艺,其中的两大秘诀,其一便是——水。

吴珍妮开着父亲的一辆箱货车,直奔太湖而去。那辆车里面,装着十多个大水桶,烹制藏书羊肉,必须用太湖水,否则的话,蒸制出来的藏书羊肉,在味道上必将大打折扣。

吴珍妮开车来到了太湖边上,吴成德在这里专门设有一个简易提水站,看着清凉的太湖水"哗哗"地通过水管,流到了箱货车的水桶里,陈奇感慨地说道:"人都说秘传一张纸,秘密真要是捅破了,真是简单得不能再简单了!"

吴珍妮对着陈奇眨了几下眼睛,然后说道:"这可是本店的核心机密,你可不要对别人讲!"

吴珍妮得到陈奇守秘的保证,她又压低声音说道:"我父亲有意收你当徒弟,你可得好好表现!"

陈奇回到藏书羊肉店,干得更起劲了,吴珍妮将陈奇一路的表现告诉了自己的父亲,吴成德点了点头,他又将第二天考验陈奇的计划,讲给了吴珍妮。

第二天一早,吴珍妮将陈奇喊了过来,然后说道:"今天你帮我到后厨蒸羊肉去!"

藏书羊肉店的后厨有两个,大师傅忙忙碌碌的后厨并不是真的后厨,真正将生羊肉蒸熟成美味藏书羊肉的后厨,是不允许外人进的。

吴记藏书羊肉店的秘密后厨中,有一个巨大的杉木桶,那个木桶的桶底就是一个大铁锅,一只羊杀完,将羊的身子切成四到六大块,放到巨大的杉木桶锅中旺火烧开,接着撇去浮沫,称为"出水",再清除锅底的沉渣,称为"割脚",然后再将羊肉重新入锅再放在原汤内,旺火烧煮三小时以上,待肉烂汤浓后即出锅拆骨,白汤羊肉便被制作成功了。

这只巨大的杉木桶,便是烧制藏书羊肉的秘密武器,杉木桶不仅可以吸收羊肉的膻味,更重要的是,木桶中的温度可以达到一百二十摄氏度。

陈奇和吴珍妮两个人都是第一次蒸制藏书羊肉,虽然手法有些笨拙不到位,可是三个小时之后,那扑鼻的香味,便从杉木桶中传了出来。

吴珍妮从杉木桶中将白煮羊肉捞了出来,陈奇急忙抄起菜刀切了一点,两人用筷子一尝,都不由得连连点头,藏书羊肉就是这个鲜香异常的味道。

三、追到东北

陈奇学得藏书羊肉的制法后,果然露出了狐狸的尾巴,他在吴珍妮回来的第三天晚上,买了一张卧铺票,竟偷偷地回黑龙江去了。

陈奇包藏祸心,他果然是偷艺的奸细。吴成德听说陈奇溜走后,气得他连声咳嗽,下台阶不小心跌倒在院子里,竟把自己的脚给崴了。

吴珍妮着急地道："爹，这个该死的陈奇把您的手艺偷走，这可如何是好呢？"

吴成德一边揉着脚脖子，一边安慰女儿说道："其实太湖水和杉木桶也算不得什么秘密！"

藏书羊肉在蒸制作过程中，需要太湖水和杉木桶帮助，这两个秘密即使吴成德不故意泄露，陈奇在吴记羊肉店中工作一段时间，他也会知道的。

吴成德假意泄露了这两个秘密，为的就是考验陈奇，果然陈奇中计了，他自以为学全了藏书羊肉的秘籍，回去便可以烧制出美味的羊肉。其实吴成德还留有一手，他还有一个最重要的秘密，没有告诉任何人。

苏州开藏书羊肉的菜馆何止几百家，为何吴记的味道最好，追其原因，还是羊肉的质量问题。吴成德有个老朋友，此人姓齐，人送外号齐老大。齐老大是长白山人，他住在长白山一个名叫扎兰屯的地方，那里的山中生长着一种野生红果树，这种红果到了秋天后，便会从树上自己落下，这种酸甜的红果，扎兰屯的羊最爱吃。

扎兰屯的羊吃了红果之后，它的羊肉便不再有膻味了，吴成德凭借着如此上乘的羊肉，他制作的藏书羊肉才能在苏州独占鳌头。

吴成德讲到这里，突然一拍脑门叫道："珍妮，你火车站是不是有朋友，你查一查，陈奇是不是买了直奔扎兰屯的火车票了！"

陈奇可是鬼精得很，真要让他知道了扎兰屯羊肉的秘密，那吴记藏书羊肉的霸主地位可就不保了。

吴珍妮急忙找火车站的朋友一查，那个该死的陈奇果然买了一张火车票，直奔扎兰屯去了。吴成德一听情况紧急，他也是急得"啪啪"地直拍床板，吴珍妮一跺脚说道："爹，你放心吧，我坐飞机去吉林，一定不能让陈奇到扎兰屯！"

吴珍妮急忙坐车回到了上海，可是她再和酒店的老板请假，酒店的老板却把脑袋晃成了货郎鼓,现在正是 8 月的旅游旺季,酒店忙得不可开交,吴珍妮如果再不上班,她那个大堂经理的位置,就只有让给别人做了。

吴珍妮权衡再三,觉得还是家里的事情重要,她一甩头发,索性在酒店辞职,然后坐上飞机,直飞吉林,她从长春飞机场下了飞机后,坐出租车便一直赶到了扎兰屯。

齐老大听吴珍妮讲完情况,他立刻派人去查,果然当天下午,就把在后山上采红果的陈奇给抓住了。

齐老大手下的三名工人押着陈奇来到了吴珍妮的面前,吴珍妮指着陈奇的鼻子,连声说他是奸细。

陈奇一晃脑袋说道:"吴小姐,我并没有偷你们家制作羊肉的秘籍。我怎么是奸细呢?"

陈奇掌握的藏书羊肉的秘密,确实是吴家教给他的,说陈奇是间谍,还真是有点冤枉他了。

吴珍妮转了一个话题,她指着陈奇手里的红果说道:"你来扎兰屯,采集这些红果干什么?"

"因为我想当个大羊倌!"陈奇用右手在半空划了个大圈子笑道:"我要将最棒的羊卖遍大江南北!"

扎兰屯的羊因为吃了这种野生的神奇红果,才会有那种人人喜爱的好味道,因为红果的产量有限,所以供应吴记藏书羊肉店的肉羊数量也有限。这也是吴记藏书羊肉店的羊肉质量上佳,可是羊肉店却始终做不大的原因。

陈奇将自己心中伟大的养羊事业一描述,吴珍妮也被他给蛊惑了,她和陈奇一起,来到了距离扎兰屯一百里外的一个肉羊养殖场,这个肉羊养殖场,就是陈奇的。吴珍妮经过十几天的观察,他发现这个陈奇真是干事的人,他的肉羊养殖场不仅很上规模,而且人工种植的红果树,都已经开始挂果了。

吴珍妮和陈奇经过这一段相处,竟然产生了难以割舍的感情。半年后,两人进入了谈婚论嫁的阶段,陈奇这天领着吴珍妮回到了扎兰屯,他竟然对着齐老大喊了一声爹。

陈奇的真名叫齐晨,他就是齐老大的儿子。直到这时,吴珍妮才明白了过来,自己竟掉进了一个老爹为自己设计好的"陷阱"中。

吴珍妮气得转身要走,可是刚出门,他便和刚刚坐飞机赶来的吴成德撞了个满怀。吴成德听罢了女儿的埋怨,他也不生气,呵呵一笑道:"最佳的羊,最甜的水,最好的设备才能烧制出最香的藏书羊肉,珍妮,藏书羊肉里面可是藏着如何使自己的人生更为精彩的一部大书呀,你只要用心,便能将其一一读懂!"

齐老大急忙出来迎接自己的亲家,齐家的院子里,一时间满是欢快的笑声。

凡客王三毛

一、给臭豆腐做广告

王三毛的脑袋上并不是生了三根头发,他叫这个名,完全是和他苦大仇深的出身有关,他娘生他的时候,他爹的兜里只剩下三毛钱了,为了励志,王三毛他爹便给了他起了这个落地有声的名字。

王三毛高中没考上,无奈之下,只得进城想找条生路,他先在街头发促销传单,接着又到啤酒经销点当业务员,可是那两个活风吹日晒,也赚不到多少钱。

王三毛晚上睡不着觉,胡思乱想,最后觉得还是在写字楼里当白领比较好。王三毛便按照报纸上的地址,投了二十多封水分很大的简历,最后,只有一家名叫神马的广告公司打电话让他去面试。

神马广告公司是一家大型广告公司,老板姓牛,牛老板还雇着一个漂亮的女秘书杨妮。王三毛先是忐忑地递上了自己编造的假简历,哪曾想牛老板一撇嘴说道:"本公司最重实力,不重文凭!"

杨妮随后递过来一份广告策划案,王三毛用眼睛一瞄考题,他心里不由得暗自打鼓——这考题,也太难了吧。

这份策划案竟是给奇香牌臭豆腐做广告。王三毛爱吃臭豆腐不假,可是怎么给它做广告呢?王三毛憋了半天,忽然手机响了,他拿起手机一看,是本市公安系统用凡客体写的公益短信——爱打电话,爱发短信,爱装警察。也爱说电话欠费、银行转账,我不是神马,也不是浮云,我是电讯骗子,警察一直在找我,如果我找你,马上拨打110。

真是想破脑袋无觅处,随手得来短信中。王三毛的脑瓜比电钻转的都快,转眼之间,一个用凡客体写的臭豆腐广告词就写好了——爱在油里打滚,爱在竹签子上唱歌,我爱美女的嘴唇,我也爱帅哥的牙齿。我不是孙悟空,不是变形金刚,哥是奇香牌臭豆腐,哥是大众情人,哥很平民,两块钱一串。

王三毛这个广告词不仅读着朗朗上口,而且处处还带着调侃的味道。牛老板手里的臭豆腐策划案至少让二十多个应聘者写过,可是他们做的策划案根本就通不过奇香牌臭豆腐公司的终审。

王三毛这个广告词报到奇香臭豆腐公司后,没过两个小时,奇香臭

修炼成精的一条虫

豆腐公司回话,这份策划案老总很满意。

王三毛给奇香臭豆腐做的广告词在电视台播出后,效果奇好,甚至幼儿园的小朋友,也记住了这段朗朗上口的凡客体广告语。

十万元策划费一分不少地打入了牛老板的账户。当晚,牛老板做东请客,王三毛只喝得昏天黑地,还是杨妮将王三毛送回了家。

二、老鼠药的广告你能做吗?

古有英雄救美女,今有美女护英雄。年轻人玩的就是速度,两个人没过几天,就出双入对,俨然成为一对恋人了。

牛老板其实对杨妮也很中意,可是王三毛是个摇钱树,总不能因为杨妮将他开除吧。牛老板不愧是老江湖,他眼珠一转,计上心头,这个主意就是,往王三毛身上压活,累得他不知道东南西北,看他还有没有心思谈恋爱。

王三毛这天一早刚来到公司,牛老板就把一个策划案给他递了过来,王三毛心不在焉地拿起了策划案,他刚看了一眼,不由"啊"地叫了一声道:"老鼠药的广告词也要做成凡客体? 这是不是太搞了?"

牛老板冲他一龇牙,说道:"厂家给钱,我们就做,什么叫搞不搞? 好好写,写好了我给你三分之一的提成!"

王三毛端人家饭碗,自然得听人家的管,老鼠药做成凡客体广告词确实是有难度,可是没难度,谁会大把地往外掏钞票呀!

王三毛一天一夜没睡觉,头发揪掉了九九八十一根,终于憋出了一首关于老鼠药的凡客体广告词——爱黑鼠,爱白鼠,也爱五洲四海的老鼠。哥不是猫,更不是猫头鹰,哥是大杀手牌鼠药,哥不介意老鼠恨我,如果鼠辈们想找我报仇,请记住地址:天江市威风路八号。

牛老板看罢王三毛写的凡客体广告词,他心里虽然惊叹喊好,可是嘴里却假装说道:"广告词没以前写得好了,是不是最近因为谈恋爱,把业务给荒废了?"

王三毛一个劲地摇头否认。牛老板叹了口气说道:"这样的广告词,很难通过终审呀!"

谁曾想,这首关于老鼠药的凡客体广告词一经散布到了网络上,立刻在网络上开始了疯传。王三毛整天想着如何讨杨妮欢心,他对老鼠药的凡客体广告词成功与否,却并不关心。

这天下午,杨妮悄悄走进王三毛的办公室,她用手往楼下一指,王三毛隔着窗玻璃往下一看,只见牛老板趾高气扬地从一辆崭新的本田车里走了下来。

杨妮说道:"三毛哥,你知道吗,你那首凡客体广告词牛老板竟卖了十八万!"

王三毛气得一拍桌子,他气呼呼地找牛老板要提成去了。牛老板一脸无赖的表情,说道:"分成? 没有合同,分什么成?"

王三毛这才算看清了牛老板的本来面目,杨妮在一边帮腔道:"牛老板,你言而无信! 我们不给你干了。"

牛老板叫道:"爱走就走,随便!"

王三毛冷笑一声道:"老子不伺候你了!"

杨妮最后挽着王三毛的胳膊,两个人昂然地走出了神马广告公司的大门。

三、王三毛果真是个人才

王三毛从神马广告公司辞职,便跟着杨妮身后,一起回到了杨妮清河镇的老家。

清河镇是一座美丽的古镇,镇外还有一条潺潺的清水河,河水中遍布露出水面的白石头。

杨妮的父亲杨子斌是清河镇旅游度假村的经理,他对女儿领回的男朋友,满脸都是狐疑的神色,他对杨妮问道:"闺女,这个小伙子就是你给我找来的人才吗?"

杨妮看王三毛发愣,便将他拉到旁边一解释,王三毛这才明白了过来——清河镇旅游度假村曾经聘请过市里几家有名的广告公司,制作广告,然后在电视和报纸等媒体上大力宣传过清河镇的旅游环境。

可是广告播出后的效果却很不理想。杨妮为父分忧,她到城里广告公司打工的目的,就是希冀着能发现人才呀。

杨子斌听女儿讲完王三毛的厉害,他希冀地道:"好,只要王三毛做出的广告有效果,我立刻就高薪聘请他当咱们旅游度假村宣传部的主任!"

王三毛看着高兴得连拍巴掌的杨妮,问道:"你知道奇香臭豆腐和杀手牌鼠药的广告为什么能成功吗?"

其实说起那两个广告成功的原因也很简单,王三毛写的朗朗上口的凡客体的广告词是一方面,更大的原因是臭豆腐在电视上做广告,老鼠药在网络上做广告。这事很新鲜,因为新鲜,所以人们才会记得住,才会传得开。

杨妮听王三毛说完,她也愣住了。如果放眼全国,像清河镇旅游度假村这样没有旅游特点的地方没有一千,也有八百家。清河镇有什么能让人一下子记得住,并能吸引人们来青河镇旅游的地方呢?

杨子斌听王三毛讲得头头是道,他急忙站了起来给王三毛倒了一杯茶,说道:"三毛,你说说,我们如何才能在全国的旅游市场内杀出一条血路呢?"

王三毛笑道："等我仔细做了调查以后,再给您拿出一个详细的计划书来吧!"

杨妮就这样,成了王三毛的向导,两个人用三天时间,游遍了清河镇,可是那份能改变清河镇命运的旅游计划书,王三毛却始终也没有拿出来。

杨子斌这天悄悄地把女儿找到办公室,问道:"我看这个王三毛就是个只会夸夸其谈的家伙,不成,我给他拿点路费,打发他开路吧!"

杨妮还没等说话,就听旅游开放区的院子里传来了"嘎吱、嘎吱"两声刹车声,院内停下了两台旅游大巴车,两个拿着小红旗的导游走下车来,他们直接来到了杨子斌的办公室。

杨子斌看着院内一百多号游客,激动得握着导游的手连说欢迎,那两个导游说道:"杨经理,您挂在网上的宣传词简直太厉害了——我爱旅游,爱潇洒,爱户外,我更爱清河水里的石莲花。哥不想在石莲花上落水,也不想成为湿漉漉的企鹅,哥在路上,哥是驴头,让我们一起玩转清河。"

市里的游客们都纷纷要求到清河镇,看清河石莲花,这清河石莲花很有可能成为一个新的景点呢。

清河石莲花?杨子斌只知道清河中有白石头,游客们可以踩着白石头过河渡水,那河水里,怎么会有石莲花呢?

杨妮眼珠一转,终于明白了王三毛的创意,那些白石头,可不就像是一朵朵莲花的形状,她对自己的父亲连使眼色,然后领着导游和游客们,直接去清河河边踩着莲花渡水去了!

王三毛一见自己的创意一炮打响,随后的好点子接踵而至,由于清河里的白石头分布的并不均匀,所以踩着石莲花渡河甚有难度,清河镇旅游开发区根据王三毛的提议,定了一个规矩,那就是踩着莲花渡过河的游客,他在开发区的门票钱全免。

踩石莲渡河本来就很刺激,再加上了带有博彩性质的免除门票,这个新兴的旅游项目对游客更是产生了莫大的吸引力,杨子斌面对汹涌而至的游客,他这才知道王三毛确实是个不可多得的人才。

不久后,王三毛便成了开发区的宣传部主任,这天傍晚,他手里拿着一束玫瑰,找到了杨妮,他真诚地说道:"杨妮,我不知道,是不是已经踩着石莲花,悄悄地走进你的心里了呢?"

杨妮和王三毛拥在一起的时候,天边那艳丽的晚霞,也仿佛是千万朵红色的莲花,悄悄地绽放了。

神秘的陶笛

焊王

一、先焊油箱

　　滨海市地处渤海湾，其造船业非常发达。十几年前，老旧的渤海造船厂经过改制后，变成了三四家大小不一的民营造船厂，经过这些年的优胜劣汰，只剩下了两家，一家是四海造船厂，另一家是博胜造船厂。

　　这两家造船厂表面上是风平浪静，可是暗地里却斗了多少年。四海造船厂的老板名叫姚啸天，他最近得到了一个消息——奥地利海运公司，要在滨海市制造五艘中型油船，这可是一张大单，如果能把这份合同签下来，四海造船厂至少两三年都不愁活干了。

　　姚啸天为了能拿下这张大单，他对司机小孟一挥手道："小孟，开车去焊工市场！"

　　船厂造船，首用焊工，可是滨海市最厉害的焊工却在焊工市场，这个人名叫张典，张典原来是姚啸天的师傅。张典今年已经六十出头，他可是本市最厉害的焊王。

　　十多年前，姚啸天承包了四海造船厂，他随后便下了一道命令，那就是将五十岁以上的老工人，全部辞退。

张典听到了这个一刀切的命令，气得他大骂姚啸天是白眼狼——姚啸天既然不讲究，张典也就不伺候姚啸天了……

姚啸天脾气拧，张典更是一根筋，这十几年，师徒两个人形同路人。姚啸天虽然几次想修补师徒的关系，可是张典却不给他这个机会。姚啸天坐车来到了人头攒动的焊工市场。他却在市场的路边发现了一台奥迪车。这台奥迪车就是博胜造船厂老板韩博胜的。

姚啸天今天来焊工市场，就是想把张典请回四海造船厂坐镇，那奥方的代表如果到他的造船厂视察，只要请张典当众表演一下焊工的绝活，那五艘油船的制造合同必将十拿九稳地归姚啸天了。

可是姚啸天今天来晚了一步，竟被韩博胜抢了先机。韩博胜正在请张典去焊自家造船厂一台大马力吊装机的油箱呢！

张典还没等答应，忽然从斜插里钻出来了一个焗着红头发的年轻人，这个年轻人名叫韩彪，他的焊工活也很漂亮，在焊工市场，他根本不把张典放在眼里。

韩彪冲着韩博胜龇牙一笑，道："四千，焊油箱的活我干了！"

焊油箱并不是把油箱里面的油放干，然后再焊，如果是那样简单，随便一个焊工就可以了，造船厂的吊装机是最忙的，焊吊装机的油箱，只能在吊装机短暂的休息间隙里完成，换句话来说，就是油箱里面装油，然后在外面焊接。

焊油箱这种活不仅是高危险，更需要高技术。韩博胜皱着眉头，对张典说道："焊王，您看这事？"

张典瞪了一眼跟他抢活的韩彪，然后对韩博胜说道："四千就四千，现在咱们就走！"

姚啸天眼看着张典被韩博胜接走，他走到一脸不服气的韩彪面前，问道："韩彪，你的焊接技术难道比张典还要高吗？"

韩彪脖子一梗梗，说道："那是当然！"

姚啸天用车将韩彪拉到了四海造船厂，他找个油箱一试他的手艺，姚啸天高兴地差点跳了起来，这个韩彪果真厉害，焊油箱讲究点焊，一点一焊，轻似蜻蜓探水，快比鸟嘴啄虫，一条手指长的焊缝，没到一分钟便被他利落地焊完了。

姚啸天惊喜地道："韩彪，你以后就跟着我干吧，月薪给你八千块，如果你嫌少，我还可以加！……"

二、焊堆龙拐

半个月之后，奥地利海运公司的全权代表波尔肯就来到了滨海市，滨海市主管经济建设的沈副市长负责全程接待。

沈副市长先领着波尔肯参观了四海和博胜两家造船厂。为了展示两家造船厂的实力，由焊工表演的焊接绝活，就被安排在博胜造船厂新建的一艘油轮上举行。

张典代表着博胜造船厂出战。他手里拎着焊把，首先上场，他要给波尔肯表演焊堆龙拐。

波尔肯走南闯北，见多识广，可是焊堆龙拐，他还真的没有看到过，波尔肯用中国话，结结巴巴地问道："你要用电焊焊一只拐杖给我吗？"

张典点了点头，说道："是的！"

张典的脚下放了一块连着地线的铁板，张典也不带电焊帽，他右手捏着焊枪，随着"吱吱"的电焊火花闪起，半个小时后，一只三尺左右长的龙拐便成形了。

张典焊堆的是一条盘龙钢拐，那条盘在钢拐上的蟠龙，威风凛凛，傲睨四顾。张典完成了自己的作品，满意地点了点头，然后他看着跃跃欲试的韩彪,不屑地说道:"韩彪,这活你会干吗?"

韩彪大咧咧地说道:"小菜一碟!"

韩彪虽然狂妄,可是他真有狂妄的本钱,一根龙拐二十多分钟便被他焊堆完工了。波尔肯看着立在钢板上的两根龙拐,他也是一个劲地拍手喊好。

这两根龙拐造型并不相同——张典焊堆的龙拐,是一条龙盘在拐身之上。而韩彪龙拐的拐身便是直挺挺的龙体,那威武的龙头则被焊成了拐杖的拐把。

张典见波尔肯对这两根龙拐都挺喜欢,他指着自己那根龙拐,说道:"波尔肯先生,我在拐身上,焊上了五个中国字——滨城欢迎您!"

沈副市长刚要宣布张典获胜,韩彪用手一指散落地上的焊花,说道:"波尔肯先生,这焊渣组成的字,您应该认识吧?"

韩彪用电焊堆砌龙拐的时候,他竟仔细地调整了焊花落地的方向,那焊花在地上拼出了一个英语单词——胜利。

很显然,这场比赛,是用焊花拼字的韩彪赢了!

张典被人称为焊王,今天这个跟斗栽得实在是大。张典的一张脸臊得通红,他从铁板上拔下自己那跟龙拐"嗖"的一声,便丢到了船下。

韩彪今天拔了头筹,这就代表着博胜造船厂的综合实力最强,波尔肯正要宣布自己代表海运公司,将与博胜造船厂签署建造五艘油轮的合同,就听船下有人高声叫道:"水管子漏了,水管子漏了!"

张典从船上丢下的龙拐的拐头,正砸在船厂输水主管路的管壁上,一个核桃大的洞口便被砸了出来,随即,一股十几米高的水箭从管壁的洞口直蹿了出来。

三、水焊联姻

造船厂剪裁船板,必须在车间首先加热,而冷却这些被加热的船板,就离不开大量的水。

如果封闭主水管路的阀门,贸然停水,那被加热的船板就将在空气中被氧化,被氧化过的船板就是不合格产品,是不能用作造船的。看着那冲天而起的水箭,韩彪一摆手道:"小意思,让我焊上它!"

带水焊接异常危险,一旦焊把被水浸湿,导致电流乱窜,焊工立刻就得被电击身亡。带水作业,不仅要有很高的技巧,更得有超级大的胆量。

韩彪来到了蹿水的管路前,一名船厂工人提心吊胆地帮他打着雨伞,他焊没了两三根焊条,可是因为水压过大的缘故,漏洞却始终也没被补上。

韩彪虽然躲在雨伞底下,可是也被淋成了水鸭子,焊把上火花四冒,他再焊下去可就危险了,韩彪正无计可施呢,就见张典手里拿着一个拳头大的螺母走了过来,他看着黔驴技穷的韩彪,嘲讽说道:"韩彪,焊个水管子的小漏洞,不用这么费劲吧?"

张典接过焊把,他猛地一下,便将那个大螺母扣在个蹿水的漏洞上,张典也不用船厂的工人为他打伞,他围着大螺母转了一圈,这个大螺母就被他牢牢地焊在了那个漏洞的四周。

韩彪还没等明白张典焊螺母的意思,就见张典变戏法似的在工具袋里一掏,竟掏出了一个粗粗的螺杆来,等张典把螺杆拧到了螺母里,那股冲天而起的水箭便被螺杆压制住了。

波尔肯走下船舷,他拉着韩彪和张典的手,一个劲地说 good(好),这带水焊接,难度极大,即使有胆量,没有高超的焊工技术,那也是不可能办到的。

有了这样技术高超的焊工，何愁造不出质量上佳的油船来？波尔肯当下决定与四海和博胜造船厂一起签合同。那五艘油轮，就由他们两家造船厂一起建造吧！

沈副市长亲自主持了一个签署合同的仪式，接着，姚啸天和韩博胜一起将波尔肯送回了酒店，姚啸天从酒店中出来，他非要跟韩博胜再去博胜造船厂一趟不可。

姚啸天来到了博胜造船厂后，他在那个主水管路下的泥泞中，找到了那根惹祸的龙拐。姚啸天抡圆了龙拐，咔咔两声，那龙拐的尖头，也只是在主水管路的外面砸出两个指甲大小的白点而已。

船厂里的主水管路可是熟铁管，即使从船上往下丢龙拐，那拐头也不可能将主水管路刺穿呀？

姚啸天正在发愣，就见韩彪拿着一张图纸走过来，他张嘴就喊了韩博胜一声——爹，敢情韩彪和韩博胜是爷俩。看着目瞪口呆的姚啸天，韩博胜呵呵笑道："我还是告诉你谜底吧！"

姚啸天是个一条路跑到黑的人，韩博胜想和他联合造船，姚啸天不仅不会答应，他还得怀疑韩博胜另有什么企图。为此，韩博胜才请来张典，然后把他自己的儿子韩彪安插到姚啸天的身边，至于焊水箱，堆砌龙拐，还有焊主水管路，那都是韩博胜安排好的一场场戏而已。

如果两家恶意竞争，最后肯定是谁也别想赚钱了。韩博胜为了这个订单，他真的是煞费苦心，最后他在张典的建议下，停了主水管路里的水，然后在管路的上面，用电焊开出了一个窟窿。

张典站在船上，往船下丢龙拐，那就是打开主水管路放水阀门的暗号。一场场精彩的戏演下来，波尔肯也被韩彪和张典精湛的焊工技术所折服，他留下了五艘油轮的合同，那就是顺理成章的事情了。

姚啸天刚把自己和张典的矛盾说出来，韩博胜说道："你师傅叫我转告你,你们之间有什么解不开的疙瘩,那只是个人的小事情,影响到造船厂近千名职工的饭碗,这可就是大问题了!"

张典真的不愧是焊王,一场令人目不暇接表演赛完毕,合同签署成功,可这并不是焊王真正的目的,焊王其实是在暗中努力修补两个人的关系呢。不管什么东西开裂,都可以再焊上,但是人心呢?……

姚啸天点了点头,可是他转身离开博胜造船厂,开门上车的时候,两滴眼泪,却"唰"的一下,流淌了下来。

修炼成精的一条鱼

废品大王的 2012

一、末日大裁员

张木墩是干啥的? 他是好日子二手家电回收公司的经理。号称本市的废品大王。人家有钱的大经理出门不是开奔驰就是座宝马,最差的也弄辆奥拓开,张木墩倒好,出门蹬一辆板车,你说他是收破烂的绝对不打一点折扣。

张木墩今年四十岁,五短身材,天生认死理,他还是最有名的一根筋。张木墩当初是本市电视机厂的工人,可是厂子倒闭后,他为了生活,这才把牙一咬,干上了收废品的行当。

张木墩的好日子回收公司越干越大,他手下都有二百多名员工了。这时候,就有人劝他改行,可是张木墩却把脑袋一晃,说道:"我这破烂王当的不错,叫我改行,等下辈子吧!"

从去年开始,市里雨后春笋般地冒出了七八家二手家电回收公司。要知道家用电器是耐用品,谁也不能今天买,明天就卖掉吧? 全市的二手家电回收公司都面临着僧多粥少的尴尬局面。

张木墩这一年来惨淡经营,到年底一算账,公司今年赚的利润,还不够给工人开资的。

张木墩没有办法,只得把手下的员工都召集到一起,他先将公司面临的困境讲了一遍,然后痛苦地说道:"千里搭长棚,没有不散的宴席,裁员的名单三天后公布,请大家做好心理准备吧!"

现在想找一个比较稳定、并能按时开工资的工作,真是比骆驼穿针眼都难。张木墩宣布完裁员的决定后,他怕有人会托关系,找自己走后门,张木墩就把手机一关,躲到办公室隔壁的房间里,倒在床上,蒙头睡觉去了,可是他刚迷糊着,就听公司的院子里有人扯着嗓子高叫道:"墩子,你小子躲哪去了,打电话你不接,算你小子有长进,师傅我登门找你来了!"

张木墩听到门外的呼喊声,吓得他"嗖"的一声,从床上坐了起来。喊自己的人,就是他在电视机厂上班时认的师傅——李奎,这李奎天生脾气大,嗓门粗,张木墩对这个师傅那可是憷着三分呢,他急忙穿鞋下地,推门走了出去,应道:"师傅,我在这呢,我哪敢不接您的电话呢,我手机没电了!"

李奎眼睛一瞪,骂道:"死小子,你不用害怕,我又不是扫荡的鬼子兵,师傅我找你是有好事!"

李奎竟要请张木墩去吃鱼。在东街上,新开了一家鲩鱼馆,那里的鲩鱼做得味道鲜美,堪称一绝。李奎请客,借张木墩八个胆子,他也不敢不去。

张木墩推出自已的那辆板车,李奎坐在后面,师徒二人一路唠着闲嗑,半个小时后,就来到了东街的那家鲩鱼馆。

鲩鱼馆的女老板姓牛,名叫牛翠花,她今年五十多岁,开朗热情,她一见李奎师徒俩光临,急忙将他们让到了后屋的一个雅间里。

张木墩看着服务员推进包间的一个盛鱼的大水箱,他捂嘴笑了,什么鲩鱼?这不就是最普通的草鱼吗?

李奎用手一指水箱里的二十多条大鲩鱼,说道:"都给我做了吧!"

张木墩吃惊地道:"师傅,一下子做这么多条鱼,咱们也吃不了呀?"

李奎对张木墩一斜眼睛,道:"鲩鱼宴就得这么吃,你小子不要少见多怪好不好?"

二、美味鲩鱼宴

张木墩被李奎一顿批评,他暗中吐了一下舌头,再也不敢多说话了。推着鱼箱的服务员下去也,鲩鱼馆的后厨,立刻刀勺齐动,传来一派忙碌的动静。

张木墩这些年迎来送往,喝酒应酬,各种珍馐美味其实早都已经吃过了。这鲩鱼就是草鱼的学名,一条普通的草鱼,它能好吃到哪里?不是碍着师傅的面子,张木墩早就借口有事,逃席离开了。

谁曾想,这第一盘鱼菜便先声夺人,竟是一道菜色通红,辣油翻滚的剁椒鱼唇。这是一道用十二条鱼的鱼唇制成的美味佳肴,鱼唇香软如糯、酸辣可口,香气四溢。

李奎介绍道:"鲩鱼的嘴巴,一天到晚不停地吞水开合,所以鱼唇的美味,是鱼菜之冠!"

修炼成精的一条鱼

张木墩拿起筷子一尝,鱼唇那麻辣的感觉令人精神一振,他也是连声夸好。

第二道菜是牛翠花亲自端上来的,这道菜的名字是龙骨鱼腩。牛翠花巧施妙手,她将十几条鲩鱼的鱼肉剔尽,接着用鱼骨熬了一锅奶白色的鲜汤,然后再把位于鲩鱼腹部的鱼腩肉下到鱼汤里,经过小火蒸煮后,这鱼腩就变得比豆腐还要香软适口了。

鱼腩肉入口即化,给人的感觉就好像在吞食清风和云彩一样。可是那满口的鱼香,却弥久不散。张木墩吃得都忘记喊好了。

牛翠花问道:"张老板,本店的鱼菜滋味如何?"

张木墩一竖大拇指,赞道:"绝!"

李奎呵呵笑道:"你尝完最后两道菜再下评语吧。"

第三道菜是一道什锦炒菜,菜盘子里有辣椒丝、冬笋片、香芹根,除了这些蔬菜,还有一条条手指长,呈细管子形状的东西,张木墩狐疑地问道:"这是什么菜?"

李奎也不说话,他挥手示意叫张木墩自己尝试一下,张木墩犹豫地拿起了筷子,然后夹了一口菜,放到了口里,那细管子一样的东西脆口弹牙,放到嘴里先苦后甘,还有一股小鹅肝般的美味。

李奎见张木墩卡壳了,他呵呵笑道:"这道菜的名字叫脆口鱼肠!"

张木墩真没想到,经常被鱼贩子随手丢弃的鱼肠,竟然也是一道适口的美味。

牛翠花听到张木墩的夸奖声,她满面春风地走了进来,说道:"张老板,人都说蛋香鸡才好,既然这些鱼菜适合您的胃口,我就给您引荐一下做菜的厨子吧?"

张木墩急忙倒了两杯酒,说道:"牛大姐,赶快把厨子请过来,我要敬他一杯酒!"

牛翠花鱼馆里做菜的厨子竟是一个二十七八岁的小伙,他的名字叫马小龙。看着马小龙,张木墩纳闷地问道:"这孩子我怎么瞧着这样眼熟?你和好日子二手家电回收公司的业务员马天明是什么关系?"

马小龙不好意思地一笑道:"马天明是我爹,我刚从广州打工回来,这些菜都是我娘教给我的!"

父子连相,怪不得张木墩瞧着马小龙眼熟。直到这时候,张木墩才明白师傅李奎的意思,李奎拐了一个大弯,目的还是替马天明说话,求他不要让马天明下岗!

马天明干活任劳任怨,就是岁数有些大了。张木墩一拍胸脯,然后对李奎保证道:"马师傅是我的老员工,我绝不会让他下岗的,请师傅放心吧!"

张木墩话音刚落,马天明一脸笑意地从包间门外走了进来,他对张木墩说道:"张经理,您错会我的意思了,我今天找到李师傅,请您吃顿饭,就是想告诉您,我明天就要辞职不干了!"

三、2012是个新机遇

张木墩惊诧地对马天明问道:"你,你要辞职?"

马天明胸有成竹地点了点头道:"不错!"马天明向张木墩辞职,他是要到儿子马小龙的公司上班去。

张木墩眨巴了几下眼睛,纳闷地问道:"马小龙准备在咱们市开一家什么公司?"

马小龙说道:"我要开一家二手家电回收……"

张木墩还没等马小龙把话说完,他把手一摆,然后苦着脸说道:"我的好日子二手家电回收公司都要黄摊子了,你开这种公司,不是干等着倒闭吗?"

二手家电回收公司在本市是属于无序竞争，大家互相抬价，收上来的二手电器，几乎没有赚钱的利润空间了。用张木墩的话说，好日子回收公司的 2012 提前到来了。

马小龙急忙解释道："张叔，我不是要开您说的那种公司，我是要开一个二手家电回收拆解公司！"

张木墩收上来的二手家电，全都被广东一带的商贩给装车运走了，这些二手家电运到广东之后，立刻就会变成回收拆解公司的原料。举个例子说，张木墩收一台报废的电脑大概需要一百元左右，而这台废电脑运到广东的拆解公司后，从电脑里面拆解和提炼出来的贵重金属金、钯、银、铜和塑料等物品，价值便可达二百多元。二手家电拆解公司看来真的是很有"钱途"！

张木墩看着桌子上的三道鱼菜，忽然明白了，他一把抓住李奎的手说道："师傅，我今天终于明白您请我赴宴的目的了！"

一条鱼不管是清炖和红烧，附加值都不会太大，可是如果将鱼唇、鱼腩和鱼肠分开来做成精品菜，那么利润就会成倍翻番了。

张木墩将马小龙拉到自己身边，然后详细询问了一遍回收拆解公司的经营、运作情况，他最后一拍桌子说道："小龙，你懂技术，我有资金和场地，干脆咱们联合办这个回收拆解公司吧！"

马小龙兴奋地说道："张老板，我的意思也是找您联合办厂！"

二手家电能在本地直接拆解该多好，何苦还得运到广东，成为人家的生产原料？

李奎眼睛一瞪，假装嗔怪地道："你小子一根筋，今天怎么没撞到南墙，就回头了？"

张木墩脸色一红，说道："师傅，家电回收业已经提前到 2012 年了，我这个当经理的也得顺应形势，当变则变！"

好一个该变则变！李奎对牛翠花一摆手，说道："上第四道菜！"

第四道菜竟是翡翠鱼卜——鱼卜也就是鱼鳔。如果一条鱼没有了鱼鳔，那么它只能是在水里越游越沉，最后深陷到淤泥里，永世翻不了身。顺应形势，当变则变对于张木墩来说，就是他救命的鱼鳔呀！

飘香的虾油

葫芦岛市连山区特产虾油，这虾油可真的是好东西，清亮透明，虾味浓郁，不管是佐餐还是拌菜，将虾油放到里面，都可以起到画龙点睛的作用。

连山区名气最亮的虾油厂就是金家虾油厂。只不过金家虾油厂每年生产的一万多斤虾油早就叫吉林延边的客商订去了，一般人想买，可是没有门路！

金家虾油厂的厂长姓金，名叫金有才，可是人们见他的脑袋上没毛，都打趣他，管他叫金秃子了。金秃子中年丧妻，有个儿子名叫金不换，金不换高中毕业后，他却对自己爹纯手工做虾油的老工艺极为不屑，非得引进机械化的设备，搞大型化生产不可。

金秃子气得眼珠子瞪成了卫生球，他对着金不换的屁股"砰砰"就是两脚，骂道："金家做虾油那是有秘诀的，你小子懂个屁！"

金不换赌气找到了连山区的牛副区长，他要和区里联办一家虾油厂。做虾油的技术并不复杂，但是想要把虾油做好却不容易，金家那是祖传做虾油的手段，现在有了牛副区长资金的支持后，渤海虾油厂仅用半年的时间就在金家虾油厂的对面建成了。金不换干厂子也有股子狠劲，没用三年，渤海牌虾油就卖遍了东三省。

金不换生产的虾油虽然和他爹做的虾油差了一个档次，可是金秃子的虾油根本就不走市场，所以金不换的虾油照样卖得顺风顺水。可惜好景不长，韩国生产的沅浦鱼露打响了对进军东三省的登陆之战。沅浦鱼露口味鲜香纯正，比金不换生产的虾油味道要好上一筹。面对日益萎缩的虾油市场。金不换急得起了一嘴的大火疱。

渤海虾油厂的销售部经理就是柳三妹。柳三妹可是沈阳商学院毕业的高才生，她拒绝了长春一家大型制药厂的高薪聘请，跑到了连山区给金不换打工，也就是看上了金不换一股勇博商海的闯劲。

金不换也是非常喜欢这个吉林姑娘。可是柳三妹却好像对他一点也没有感觉。姑娘的心，真是海底的针，金不换也是摸不透。柳三妹一个劲地问他是否有解决困境的办法，金不换面现难色地说道："办法是有一个……"

韩国生产的沅浦鱼露再牛，也没有他爹做的虾油好吃，只要他爹能把金家祖传做虾油的秘方传授给他，渤海虾油厂不仅可以渡过难关，还能迎来一个更大的发展。

柳三妹也知道金家爷俩的恩怨，她抿嘴一笑道："我临时当你几天的女朋友，我想金伯父不会将我们拒之门外吧？"

柳三妹拎着一大堆的礼物，对着金秃子甜甜地叫了一声——金伯父，金秃子的下巴乐得差点掉到虾油缸里。

这柳三妹太厉害了，几句话就能把金秃子哄得晕晕乎乎地。金不换急忙拿起手机，让最大的饭店海鲜楼送来了一桌最丰盛的酒席。酒至半酣，金不换一提祖传制作虾油的秘方，金秃子的眼睛又瞪成了卫生球，他一指金不换的鼻子，骂道："臭小子，今天不是看在柳姑娘的面子上，我拿大扫帚打你出去，想知道金家制造虾油的秘密，告诉你，没门……"

柳三妹看着金不换的一张脸成了被霜打的苦瓜，她用餐巾纸挡着嘴，一个劲地偷着笑。第二天一大早，柳三妹还在睡梦里，就听见院心的厂房里传来"咚咚咚"的敲击声。

金家虾油厂占地二十多亩，在院心建有一个硕大的彩钢板的厂房，厂房里放着三百多口大缸，敲击声就是在厂房里发出来的。

虾油厂的厂房门敞开着，透过窗玻璃，柳三妹看见金秃子手拿搅棍，他分别在每口大缸面前的水泥地上用棍敲几下，然后再将搅棍伸进大缸中，搅动里面发酵的青虾原料。

制作虾油的工艺往简单里说，就是把渤海湾秋季特产的小青虾洗净、装缸、加盐、搅拌。再经过大约两个月的发酵后，就会得到清亮鲜香的虾油制品了。

可是金秃子搅拌缸里的虾料时，为何要用搅棍先在缸前面的水泥地上敲几下呢？听着金秃子敲击地面的声音，隔壁屋里的金不换也醒了过来。柳三妹看不明白，她推门走到金不换的屋子里，问道："老爷子这是在干啥？"

金不换见怪不怪地说道："我爹管这个叫搅缸秘诀……谁知道是啥意思！"

柳三妹低声说道："没准这就是金家虾油味道绝美的秘密！"柳三妹一转身跑到厂房里，帮金秃子干活来了。柳三妹一说要帮他搅缸，金秃子的脑袋却摇成了货郎鼓。柳三妹性格泼辣，可不管金秃子同意不同意，她一把从金秃子手里抢过搅棍，刚要把木棍伸到旁边的大缸里，就听金秃子叫道："慢！"

金秃子说道："你先用搅棍在地上敲三下！"

柳三妹故意装糊涂说道："做啥？"

修炼成精的一条鱼

金秃子压低嗓音,说道:"这是我们金家一脉相承的搅缸秘诀呀!"

柳三妹两手握住搅棍"咚咚咚"的敲了三下地,然后把搅棍探到了大缸里,她两手用力,刚搅动了几下,在一旁观看的金秃子急忙喊停!

柳三妹这搅缸的手法明显不对!柳三妹也觉得奇怪,在渤海虾油厂里,盛装青虾的是巨大的不锈钢圆桶,每只圆桶的上面都有一个搅拌器,一按电钮,搅拌器高速旋转,用不了三分钟,一圆桶的青虾发酵料就搅拌好了!

金秃子站在大缸前,他先把木棍探进缸内,搅棍左搅几下后,紧接着反过来右搅几下,这种一来一回的搅动方法明显和电动一个方向的搅动方法不同!虾油的制作过程,最重要的就是发酵的过程,金秃子这种来回搅缸法,就是不想把缸里的发酵料搅得团团转,相对稳定的搅缸,更有利于缸内微生物的发酵。柳三妹每天帮着金秃子干活,三天之后,柳三妹就把最不好掌握的搅缸技术学会了。

为了庆祝柳三妹出师,金秃子特意摆了一桌酒宴,柳三妹频频劝酒,金秃子又一次喝多了,柳三妹甜甜地叫了一声——金伯父,然后说道:"您那奇妙的搅缸秘诀究竟是什么意思呀?"

金秃子高举着酒杯,他呵呵一笑道:"这是我们金家祖传的秘密,除了你,金不换这个死小子我都不会告诉他!"金秃子将杯子里的酒倒进了喉咙,还没等他把话说完,便一头扎到了桌子上,打着呼噜就呼呼地睡着了!

柳三妹和金不换回到厂子里,两个人先买回了一口大缸,如何往缸里手工装填虾料金不换小时候就会。望着虾料装填完毕的大缸,柳三妹拿起搅棍说道:"我往地上敲几下?"

金不换说道:"我爹搅缸的时候,最多敲九下,我们就敲九下吧!"

柳三妹敲了九下地面后,就开始用搅棍加盐搅缸……一转眼,秋风见凉,渤海虾油厂生产的十多万斤的虾油都已经酿好装桶,金柳二人单独做的那缸虾油也酿造成功了,可是两个人一尝,都不由得连连摇头,这缸单独酿造的虾油味道一般,也不比他们机械化大批量生产的虾油强上多少!

看来金秃子还记恨着金不换,什么搅缸秘诀,根本就不是那么一回事!东北三省几十个渤海牌虾油的经销商齐聚连山,他们尝过金不换今年生产的虾油后,都纷纷摇头,韩国沅浦鱼露的生产厂家已经找过了他们,沅浦鱼露虽然价格照渤海牌虾油贵了一倍,但人家那鱼露的味道确实是好!

金不换一见这几十个经销商要弃单,他可真是土地佬抓蚂蚱,有点慌神了。柳三妹给他出了个主意,还是先带着这帮客商到灵山风景区旅游去,将他们稳住脚跟后,再想其他的办法吧!如果不能打赢这场虾油PK鱼露的阻击战,渤海虾油厂以后可就没有好日子过了。

金不换把那二十几个客商安排到了灵山风景区,他连夜开车又回到了虾油厂,两个人顶着月亮急匆匆地来到了金家虾油厂,他们刚走进虾油厂的大门,大老远地就听见金秃子住的屋子里传来了激烈的争吵声。

金秃子今年生产的一万多斤顶级虾油已经装桶了,可是延吉的客商提货的时候,金秃子却拍出了两万块的违约金,这一万斤顶级虾油说什么也不卖了。

几个延吉的客商一个个急得脖粗脸红,领头的牛老板就差给金秃子跪下了,要知道他可是跟客户签了合同的,违约金是小事,没有货他可跟人家怎么交代!

看着推门走进来的金不换,金秃子说道:"为啥不卖虾油,问这小子你们就知道了!"

金不换也不知道他爹为啥不卖虾油!其实原因很简单,这几个延吉的老板收购金秃子的虾油后,他们并没有把虾油卖给东北三省的各大酒店,而是直接出口到了韩国。韩国沅浦鱼露生产厂家将金秃子的虾油兑到了普通的鱼露里,他们生产的产品就变成了高级的沉浦鱼露了。

金不换听完,气得大叫道:"阴险,这简直太阴险了!"

那几个延吉的老板拿着违约金偷偷地溜走了。金不换连夜找人将金秃子生产的顶级虾油拉到自己的厂子里,然后和渤海牌的虾油勾兑到了一起,勾兑完一尝,那味道果真比沉浦鱼露要好上许多!

那二十几个经销渤海虾油的老板从灵山回来,他们尝到了新的渤海牌虾油后,一个个都是赞不绝口,十多万斤的虾油只用了一个下午,便被抢购一空!

金不换这回算是彻底服气了,他把金秃子按坐在椅子里,然后"扑通"的一声跪倒在地,金不换口里叫道:"爹,我错了,您今天一定要教给我那个搅缸的秘诀,不然的话我说啥也不站起来。"

金秃子抬起脚,他用鞋跟"咚咚"地往地板上跺几下,说道:"哪有什么秘诀,我用搅棍碰地? 那代表着我对大缸行礼叩头呢!"

过去虾油工匠们在搅缸的时候,都是要先对大缸叩头的,金秃子用搅棍捣地,就是代替他对大缸行礼了。金秃子的虾油为什么好吃,追其原因,就是这些被用了几十年,上百年的大缸的缘故。

不锈钢的发酵桶绝对不是什么好东西,做虾油最好的盛具只能是这些大缸,大缸壁上有许多肉眼看不到的缝隙,缝隙间充满了能令虾油发酵的微生物,这些奇妙的微生物才是制取虾油不可缺少的宝贝!

金秃子领着儿子和柳三妹来到了自己家的虾油厂,金秃子用手指着厂房里最老的一口缸说道:"你知道吗,这口缸,是你们的祖爷爷留下来的,每一次我搅缸前,都要对他点九下搅棍!"那九下就是代表着最重的叩拜大礼。

破旧立新,确实可以成就一番事业,可这并不代表所有的老东西,老工艺都是不好的,还是那句话,有继承才有发展!

金秃子做虾油还有一样秘密,那就是虾油发酵成功后,他会把最上层的浮油丢弃。只留缸中最好的中层和底层的虾油。

金不换听得愣住了。金秃子说道："我这么做，你能悟到点什么吗？"

金不换结结巴巴地说道："丢弃浮油？您是叫我丢弃浮华不实之气？尊重传统，您要叫我不要自以为是、目中无人？"

金不换点了点头。其实做虾油也就是在做人生！看着金不换终于开悟了，柳三妹也欣喜地笑了，金不换虽然是一员商场的干将，可是他身上的坏毛病太多……其实只有穿过浮华不实和骄傲自大的爱神之箭，才能真正射中姑娘的那颗芳心！

修炼成精的一条虫

全骆宴

一、父子反目

张掖市位于甘肃省西北部，古称甘州，该市市名的由来，却得益汉武帝，汉武帝刘彻于元鼎六年（公元前 121 年）取"张国臂掖，以通西域"之意，便在此地设立了张掖郡。

该市不仅历史悠久，景点众多，还是一座对外开放的旅游城市，随着该市旅游开放的脚步越走越快，尽显本地旅游特色的各种酒楼，便一座座如雨后春笋般拔地而起。

张掖市城东的木塔街上，住着一个名叫赵拐子的大肉贩子。赵拐子今年五十多岁，

三十多年前，他西出嘉峪关去贩骆驼，不巧路遇黄毛风，赵拐子被飓风从骆驼的身上吹落地下，摔断了一条腿，从此后走路一瘸一跛，这才被人称为了赵拐子。赵拐子的老婆名叫牛春花，牛春花是香香驼肉包子铺的老板。两个人的儿子名叫赵帅。

赵拐子现在是张掖市驼肉的最大供应商，而牛春花也不简单，她经营的香香驼肉包子铺，虽然店面不大，可是因为包子奇香，基本上是供不应求。

赵帅在西南大学的饮食专业读完了硕士后，他就回到了张掖市。赵拐子和牛春花看着出落得一表人才的儿子，他们的嘴乐得都快合不拢了。

赵拐子本想着儿子能帮自己一把，可是这个赵帅却心高气傲，他嫌自己爹的屠户事业不上档次，并没有一丝一毫子承父业的念头。

赵拐子正要骂儿子一顿，牛春花却在一旁说道："你既然不愿意干你爹这行，那就到妈的包子铺帮忙吧！"

赵帅没等牛春花讲完，他的脑袋就晃成了货郎鼓，说道："要我在包子铺里卖包子，那岂不是大材小用了？"

赵拐子气呼呼地道："贩骆驼你嫌脏，卖包子委屈你，那你究竟想干啥？"

赵帅说道："我想在张掖开一家最大的酒店！"

牛春花听儿子讲完自己的理想，她摇了摇头说道："你这个想法不错，可是却有些不合实际！"

本市的旅游是季节性旅游，每年六月到十月的旅游旺季，游客汹涌而至，酒店饭店人满为患，可是剩下的大部分时间，基本是赔本经营。赚五个月的钱，赔七个月的本，恐怕神仙也受不了。

赵帅连说自己父母目光短浅，看来他开酒店的想法是雷打不动了。

赵拐子一见说不通儿子，他气得一拍桌子，吼道："老子是一分钱没有，你个死小子想开酒店，自己张罗去！"

赵帅被自己的老妈迎头浇了一盆冷水，再被父亲一顿臭骂，他的脸都被气绿了。赵帅摔门冲出了自己的家，沿着古塔街正漫无目的地乱走呢，忽觉身后有人轻轻地拍了一下自己的肩膀。

二、敦煌学艺

赵帅回头一看，拍自己肩膀的正是热古帮。热古帮是他母亲包子铺里的大厨，赵帅小的时候，带他玩得最多的人，就是热古帮。

赵帅刚叫了一声——热古帮叔叔，那委屈的眼泪就"唰"的一下，流淌了下来。热古帮递过一块湿巾，赵帅先擦去了眼泪，热古帮便拉着他走进了路边的一家小酒馆，随后说道："大侄子，今天咱们爷俩喝几盅！"

其实热古帮也对牛春花经营包子铺极为保守的方针不满，他今天看着赵帅满脸委屈，跑出了自己的家门，便觉得一定是赵拐子硬逼着赵帅，让他接受自己三十年前陈腐的经商观念。他也替赵帅难过，便一路追了出来。

赵帅真的没想到，热古帮竟是他的知音，两个人越唠越近乎，最后，赵帅和盘托出了自己想成功经营一家酒楼的想法。可是赵帅讲到最后，他却为难地说道："想要拥有一家酒楼，必须要有一笔庞大的资金才成，没有钱，一切都是空谈呀！"

热古帮听赵帅讲完，他点了点头，说道："大侄子，你不是想盘下一家酒楼吗，这个忙，我肯定能帮你！"

热古帮拜师学习厨艺的时候，他有一个师兄，还有一个师弟。热古帮的师弟就在本市的敦煌明珠大酒店当大厨呢。敦煌明珠大酒店由于经营不善,该酒店的刘老板想用一千万元的低价把酒店兑出去,如果赵帅有这个意思,他就可以牵线搭桥。

别说一千万,就是一百万赵帅也拿不出来。热古帮听赵帅讲完目前的困难,他嘿嘿一笑道:"如果没钱盘下酒店,我倒还有一招,那就是以租代买,每月给他们一定的租金和利润!"

经过热古帮的牵线搭桥,赵帅和刘老板的谈判进行得非常顺利,随后,两个人便签署了一个租买合同——每个月的月末,赵帅必须交给刘老板三十万元的租金和利润,四年后,这座敦煌明珠大酒店就是赵帅的了。

第二辑　神秘的陶笛

赵帅签完合同,他拉着热古帮的手,连说感谢。热古帮却担心地道:"大侄子,你有没有想过,这座装修得富丽堂皇的大酒店,为什么经营不下去了呢?"

赵帅连说了几个原因——什么菜价过高,管理混乱,可是这些原因都被热古帮给否定了,最后热古帮压低了声音说道:"只有一个原因,敦煌明珠大酒店没有一个能叫得响的招牌菜!"

热古帮的一席话,讲得赵帅也是连连点头,说道:"热古帮叔叔,你说我们的酒店应该上什么招牌菜呢?"

热古帮抬眼望着敦煌的方向说道:"我们应该上全驼宴呀!"

热古帮的师兄老贡布是他们同门三人之中,烹饪手段最高的一位,他蒸制的全驼宴,享誉整个大敦煌一带。如果赵帅能把老贡布蒸制全驼宴的手艺学来,那么不出几年,敦煌明珠大酒店一定会是引领本市餐饮业风潮的龙头。

赵帅觉得热古帮讲得在理,他回家后,给父母留了个纸条,然后手机一关,便和热古帮坐上火车,直奔敦煌市而去。

老贡布在敦煌市开了一家全驼席菜馆,由于现在正是旅游淡季,所以上座率只有五成。

老贡布的两个人儿子扎仁和顿珠一见热古帮来到，急忙迎了出来。热古帮一问老贡布的情况，扎仁说道："我父亲不在家，他三天前去九泉卫星发射中心了！"

九泉卫星发射中心最近有一颗重点卫星发射成功，老贡布被请去制作全驼宴去了。

老贡布的手机关机，也不知道他啥时候回来，热古帮对赵帅歉意地一笑道："看样子，我们只有等了！"

别看老贡布不在，可是他的两个儿子也是蒸制全驼宴的好手，热古帮和自己的两个师侄一说此行的目的，扎仁腼腆地笑道："既然是师叔带来的朋友，那就不算外人，我就把最拿手的红扒驼蹄教给赵帅吧！"

三、驼身三昧

一峰骆驼，重达一两千斤，其肉略嫌粗糙，论肉质和味道，并没有牛肉和羊肉好吃。可是骆驼身上却有三个地方被称为绝世美味，这头两个地方便是——驼蹄和驼峰。

杜甫在《自京赴奉先县咏怀五百字》的诗里曾经写道——劝客驼蹄羹，霜橙压香橘。

骆驼产于沙漠，被称为沙漠之舟，它在炙热松软的沙漠上行走，靠的便是四蹄的帮助。因为驼蹄是驼体中最活跃的组织，故其肉质异常细腻富有弹性，似筋而更加柔软。

一个驼蹄重达三四斤，大如蒲团，可是用来制菜的部分，却是骆驼的蹄心肉。这块蹄心肉重约五十克，只有鸡蛋大小，可谓精华难得。

扎仁为人实在，并不隐瞒，他把晶莹的驼蹄收拾好后，便把制作红扒驼蹄需要的口蘑、鸡蛋等辅料一一向赵帅做了介绍，赵帅在学校念书的时候,便已经获得了国家承认的二级厨师证。扎仁烹制红扒驼蹄的过程,已经被赵帅牢牢地记住了。

一盘油色鲜红,香气扑鼻的红扒驼蹄被端到了桌子上,赵帅拿起筷子一尝,不由得连竖大拇指,这驼蹄似筋非筋,软烂绵糯,味道鲜美,看来这敦煌名菜,果真名不虚传。

扎仁听着热古帮和赵帅的夸奖声,他脸色一红,说道:"我弟弟顿珠的五丝驼峰可比我这道菜好吃多了!"

骆驼分单峰骆驼和双峰骆驼。它脊背上的驼峰,便是它储存营养的地方。若论滋味,比之驼蹄犹胜一筹。

驼峰是与熊掌齐名的八珍滋补佳肴之一,它的双峰又有雄峰和雌峰之分,其中雄峰透明发亮;而雌峰肉色发白。而入菜的驼峰,取的便是这雌雄驼峰里面的胶质脂肪。

五丝驼峰中的五丝是火腿丝、玉兰丝、香菇丝、韭黄和鸡胸脯肉丝,顿珠将这五种辅料放到炒锅里,经过他的妙手蒸制,一盘赏心悦目,雪白如霜的驼峰肉就上桌了,驼峰别看是胶质脂肪,可是经顿珠的处理,却一点也不油腻,嚼口有点像海螺片,但是比起海螺片却更有甘、香、爽、滑的味道,实在是难得一尝的美味。

赵帅将这两道菜学会的时候,菜馆窗外的天便渐渐黑了下来。赵帅当晚和热古帮住在一个屋子里,热古帮告诉赵帅,其实全驼宴的美味就集中在第三道菜里,只要赵帅掌握了第三道菜的制作诀窍,那么张掖市餐饮业的牛耳,便被他牢牢地控制在手里了!

但是第三道菜是什么,热古帮却保密不说,赵帅担心地问道:"热古帮叔叔,贡布老师肯把自己的拿手绝活传给我吗?"

热古帮一挥巴掌说道:"他要敢不传你手艺,看我不拆了他的酒楼!"当年老贡布只是一个穷厨子,热古帮为了自己的师兄,他可是把自家的房子都抵押给了银行。老贡布才建成了这座全驼宴的菜馆,热古帮绝对功不可没！

第二天中午，老贡布被酒泉卫星发射中心的工作人员开车给送了回来。满脸春风的老贡布一眼看到自己的师弟，他大叫一声，便把热古帮搂到了自己的怀中。

两个师兄弟亲热的话儿说完，热古帮一提自己的要求，老贡布爽快地说道："第三道驼菜我儿子都没有资格学，但是师弟一句话，我传给赵帅了！"

赵帅在一旁连声感谢，老贡布讲完话，他的两条眉毛却皱到一起，说道："不过，制造第三道驼菜，必须要有一峰成年的公骆驼呀！"

一峰成年的公骆驼市场价一万元左右，真要用一峰骆驼，制作一道菜，恐怕没有几个人能吃得起！

四、大彻大悟

赵帅有一张工商卡，在这张卡里，倒有三万多块钱，为了学得这第三种驼菜的做法，他狠了狠心，先去银行把钱提了出来，然后到牲畜市场，买来了一头健壮的公骆驼。

全驼菜馆的厨子们一起动手，两个小时后，这峰重达两千斤的骆驼便被肢解成一块块的精肉了。老贡布看到整只骆驼被肢解完毕，他一摆手，偌大的菜馆后院里，只剩下了他和赵帅两个人了。

赵帅原以为老贡布会选骆驼身体的某一部分当做菜的原料，哪曾想老贡布却抄起了厨房中的一把大斧子，然后"咔咔咔咔"四下子，便将骆驼的四条腿骨从中间砍断了！

赵帅在老贡布的指点下，用白钢的小勺子，从骆驼的腿骨中间，取出了洁白如银，形如琼脂般的骆驼骨髓。老贡布先把骨髓用料酒去腥，然后加入了香菇、尖椒、姜片、葱节、郫县豆瓣和老抽等名目繁多的原料,接着再经过了小半天的文火熬制,一碗能鲜掉人眉毛的骆驼骨髓汤就被熬制成功了!

赵帅只尝了一口,便被这碗汤汹涌的鲜香给惊呆了。

老贡布看着发愣的赵帅,他得意地笑道:"小伙子,老贡布的手艺还可以吧?"

赵帅对着老贡布竖起了两根大拇指,可是他夸奖完老贡布制菜的手段,又呃呃地说道:"一碗汤,一万元的本钱,这碗汤得卖多少钱? 又会不会有人买呢?"

老贡布呵呵笑道:"一万元喝一碗汤,估计没几个人会掏腰包!"老贡布讲完话,端起了这碗汤,走进了厨房,他把这碗鲜汤"哗"的一声,倒进了一个大大的木桶中。

老贡布的木桶中盛有一百多斤清水,这碗驼髓的原汤被桶里的水稀释后,这桶水随即便被勾兑到了一个盛有几百斤肉馅的木盆中。

全驼席菜馆的厨子们一起动手,两个小时后,两千多个加入了驼髓汤的肉包子便热腾腾地出笼了。这些肉包子没用一个小时,便被贩卖一空,没有买到包子的顾客皆是一脸的失望!

热古帮用碟子托着一个刚出锅的包子走了过来,赵帅一尝这个热气腾腾的驼肉包子,他身体摇晃,"咕咚"一声,便瘫坐到了旁边的木凳上。

老贡布的包子,味道确实鲜香,可是他包的包子,根本没有他母亲牛春花的包子好吃呢! 牛春花包子店的包子好吃,张掖市至少有十多家包子铺也在跟风模仿,可是他们却无法做出那鲜香的美味。

直到这时,赵帅才明白,自家做包子的秘籍也是一碗——骆驼骨髓鲜汤!

赵拐子每天都会杀驼卖肉,那剩下的骆驼骨头,便成了牛春花熬制骨髓汤的原料。赵帅自觉得自己硕士毕业,眼光长远,可是他直到这时候才懂得,他那点小聪明,在父亲母亲的大智慧面前,根本就不值一提。

牛春花的包子铺之所以难以扩大,就是受到驼骨数量的限制,没有大量的骆驼骨,就难于熬出够用的骨髓原汤,没有原汤,自然就没有味道绝佳的包子。

驼蹄,驼峰那可都是价值不菲的东西,凡是以这些高档食材为经营方向的本地酒店,哪一家都难以坚持几年,可是牛春花的包子铺却认准了一个理儿,那就是三十多年,一直经营平民食品……这里面的经营奥秘,真的需要赵帅好好地领悟呀!

热古帮一见赵帅终于开窍了,他拍着赵帅的肩膀,笑道:"你知道敦煌明珠大酒店的后台老板是谁吗?"

赵帅说道:"难道是我爹?"

"那座酒店,就是你爹娘为你毕业准备的!"热古帮感慨地说道:"如果你真的能悟出你爹娘三十多年,为何不改经营平民食品的初衷,那就不枉我奉你爹娘之命,带着你,到敦煌市转了一大圈的辛苦喽!"

看着赵帅似懂非懂地点头,热古帮欣慰地笑了!

修炼成精的一条鱼

让投诉 "飞" 一会儿

一、一个美差

廖凡影是环亚商贸公司的纪律监察部经理。环亚的老总名叫侯震，他对廖凡影一丝不苟的工作态度是相当的满意。

环亚是一家有三五百人的大公司。廖凡影眼睛里不揉沙子，员工们一旦有个工作错误，她立刻向侯总反映，那些犯错的员工们都恨她，都说她上辈子干的一定是克科勃的特务，那些对廖凡影有意见的人，还背后给她起了个外号——廖反映。并咒她，只能当个一辈子也嫁不出去的老姑娘。

廖凡影这天刚上班，桌子上的电话就响了，打电话的是侯总，侯总让廖凡影到自己的办公室里来一趟。

侯总今年四十多岁，沉稳干练，他先给廖凡影倒了一杯咖啡，然后说道："廖经理，有一个美差等着你去完成呢！"

人在旅途是本市一家新成立的旅行社，这家旅行社为了尽快打开局面，他们把目光瞄准了本市的各大公司。经过一系列的运作，侯总的公司也成了这家旅行社的 VIP 会员。

廖凡影笑道："现在满地都是VIP,可是大多都是商家耍的噱头,目的就是忽悠顾客多掏钱而已！"

侯总连连摇头,他把人在旅途公司VIP会员的待遇表递给了廖凡影,廖凡影一看,她惊喜地叫道："待遇如此之好,他们的旅行社能赚到钱吗？"

"当然能赚钱,薄利多销嘛。"侯总指着待遇表的第三条让廖凡影看,廖凡影一瞧才明白,这家旅行社为了保证服务的质量,入会的VIP公司在组团出行之前,该VIP公司可派一名代表,免费加入人在旅途的旅行团,先行为团队探路！

廖凡影干工作一丝不苟,这先行探路的任务,侯总想交给她。廖凡影一听,立即说道："侯总,这个美差,你还是交给别人吧！"

环亚商贸公司人员众多,廖凡影如果不睁大眼睛看着,那些调皮捣蛋的员工还不闹翻了天？

侯总压低了声音说道："咱们公司不良员工的名单我有,你借着这次旅游的机会躲几天,我正好……"

侯总讲到这里,他一挥胳膊,做了个下刀的手势。

廖凡影这才明白侯总的良苦用心。当天中午,她就开车来到了人在旅途旅行社。该旅行社的总经理不在,一个女业务员接待了她。

那个女业务员告诉廖凡影,他们公司有二十多条精品的旅游线路,负责该线路的导游照片也在墙上贴着呢,廖凡影可以多多挑选,自由选择。

廖凡影来到了旅行社的线路图下面,看着那些颇有些水分的宣传,她也是连连摇头,最后,廖凡影的目光落在了一个男导游的照片上,这个小伙子姓金,名叫金成俊。

这个金成俊的模样和廖凡影暗恋的一个韩国影星差不多,廖凡影一看金成俊负责的旅游项目——一山一水总关情,碧沉湖畔鲈鱼香,她用长长的手指甲,点了一下金成俊照片的鼻子,说道:"就是你了!"

二、接连投诉

一山一水总关情,碧沉湖畔鲈鱼香,这是人在旅途旅行社目前人气最旺的旅游项目,一山指的是云雾山,一水说的是万马河。碧沉湖畔鲈鱼香更好理解,那就是到碧沉湖畔吃鲈鱼。

第二天一早,廖凡影就早早地等在了自家的楼下,不大一会儿,一辆写着人在旅途的中巴车就停在了廖凡影的身边。

一个三十岁左右的年轻人打开车门,他冲着廖凡影问道:"您是廖凡影小姐吧?"

这个年轻人像极了日本影星高仓健。廖凡影冲着他点了点头,然后纳闷地问道:"金导游干啥去了?"

"金导游临时有事,我的名字叫秦辉!"那个年轻人自我介绍道:"今天我就是咱们这个团的导游。"

廖凡影看着秦辉胸口的名牌——他竟是一个实习的导游。

廖凡影眼珠一转,说道:"我去楼上取件衣服,你等我两分钟!"

旅行社的中巴车外,贴着醒目的投诉电话,廖凡影跑进了自己家的楼道内,然后便拨打了一个投诉电话,接电话的是一个中年人,他听廖凡影讲完情况,用沙哑的嗓音说道:"临时更换实习导游? 这个不允许,你反映的情况很重要,我们一定会做出严肃处理的!"

廖凡影得意地上了旅行社的中巴车,秦辉对着游客们一个劲地打躬作揖赔笑脸,要知道他这个临时导游证得来得不容易,真要是旅游局接到三个投诉他的电话,他的导游证就别想变成正式的了!

廖凡影对着夸夸其谈的秦辉说道:"想要不被投诉,一路上你可要好好表现呀！"

秦辉"啪"地敬了一个礼，然后说道："我一定要好好表现，旅游完毕，还请大家在意见本上，都帮我美言几句！"

中巴车内，还有其他二十多名乘客，大家一瞧廖凡影伶牙俐齿，一上车就把秦辉收拾得老老实实，就都异口同声推举她担任旅游团的团长。

廖凡影对这个团长的"虚职"欣然接受，她严肃地对着秦辉说道："秦导游，一路上，我劝你最好不要有变相购物、坑蒙宰客、更改旅游路线等行为！"

秦辉咧着嘴说道："我哪敢呀！"

廖凡影斩钉截铁地道："要是敢，你绝对是死定了！"

旅行社的中巴车行驶了两个多小时，最后来到了一个三岔路口，中巴车面前有两条路，一条是直奔云雾山，另外一条是去万马河，秦辉看着车外毒辣辣的阳光，他打电话问了一下旅游局的服务台，服务台告诉他，今天天气——晴，有时多云。

这样的好天气，正适合登山。可是秦辉却不放心，他又把电话打给了家住万马河旁边的二姨，他二姨说道，今天中午，一定会有场大雨。

廖凡影听秦辉乱打电话，她肚子里的气就不打一处来，这小子不信旅游局的服务台，反而信农村的老太太，这也太搞怪了吧？

秦辉要领大家去万马河，廖凡影坚持要去云雾山，秦辉为了说服廖凡影，他故作神秘地道："你知道我二姨夫是做什么的吗，他可是万马河边上对天气最有研究的老渔民了！"

万马河一旦天气有变，河里的白银鱼便会潜到河底不出来，廖凡影一见秦辉讲得煞有介事，她威胁道："到了万马河，真要不下雨，你可别怪我投诉你！"

秦辉一见廖凡影妥协了，他一吐舌头说道："你别吓唬我，我胆子小！"

旅行社的中巴开到万马河，秦辉便领着旅游团直奔河边的白银鱼农家乐,敢情这农家乐就是秦辉他二姨开的。

廖凡影看着头顶晴朗的天空,气得她借着去洗手间的机会,又打了一个举报秦辉的电话。

秦辉的二姨非常热情,端到餐桌上的白银鱼也都是又肥又鲜。廖凡影吃着白银鱼,也忘记了秦辉带给自己的不愉快,一顿饭没吃完,就听门外"轰"的一声炸雷,随即倾盆的大雨便从天而至。

三、鱼汤王子

万马河附近全都是大大小小的山峦,天不下雨,万马河只是一条普通的河流,可是一下雨,附近的山水注入河内,河水奔腾暴涨,激流汹涌澎湃,简直比黄河壶口瀑布还要壮观。

游客们纷纷拿起雨伞,一齐跑到河边,观看河水万马奔腾的奇景。

廖凡影因为贪看万马河难得一见的水势,她举着雨伞,站在雨水里的时间比任何人都长,廖凡影回到白银鱼农家乐的时候,她已经湿成了落汤鸡。

秦辉端着碗姜汤走过来说道:"赶快喝几口,驱驱寒气吧!"

廖凡影看着周围喝茶水驱寒的游客,她对秦辉断然拒绝道:"我不喝这东西!"廖凡影工作的时候,最忌讳别人贿赂自己。

万马河的雨来得快,去得也快,廖凡影换了一身干净的衣服后,天就转晴了。看着露出了半边脸的太阳,秦辉说道:"咱们现在就赶往云雾山,明天一早,正是雨后观看日出和云海的好天气。"

廖凡影坐在中巴车上一路颠簸,她就觉得两边的太阳穴一阵阵的疼痛,看来她是被雨淋得感冒了。

廖凡影忍着头痛,住进了位于云雾山山腰的旅店。

廖凡影找旅店的老板,要了几片感冒药服了下去,她刚刚糊里糊涂地睡下去,耳边就传来秦辉招呼大家起床的声音。

凌晨四点,正是登顶观看日出和云海的好时间。廖凡影一边咳嗽着,一边从床上坐了起来,她只觉得额头滚烫,浑身没劲,看来她确确实实地感冒了。

廖凡影可是一个要强的人,她为了完成任务,还是挣扎着和大家一起登上山顶,看完了极为壮观的云海和日出。

山顶的风大,廖凡影被风一吹,脑袋里竟刀劈一样地痛。下山的时候,秦辉想扶廖凡影,可是却被廖凡影拒绝了。

旅游团从山上下来,众人又上了中巴车,秦辉领着大家直奔碧沉湖去吃鲈鱼,廖凡影听着秦辉一路不断的讲解声,她心里真是说不出的难受。

秦辉不就是秦桧的谐音吗,秦桧是个大奸臣,这个秦辉也一定不是什么好东西。

碧沉湖的鲈鱼当真是绝好的美味,秦辉为了让游客们在意见本上多写自己的好话,他竟自己掏钱,让菜馆的老板在两张桌子上,每桌多加了四道鲈鱼菜——这纯属是贿赂旅游团游客的行为,廖凡影终于又有一个举报秦辉的理由了。

廖凡影来到外面,第三次用手机举报了秦辉,她回到鲈鱼菜馆,只觉得浑身发冷,秦辉一见她脸色青白,急忙到后厨,给她端来了一碗鱼汤。

廖凡影看着游客们都在喝鲈鱼汤,她这才将这碗鱼汤喝下去……如果不是这碗鱼暖暖的鱼汤,她真的不知道,自己是否能一路清醒,坚持到市里的医院!……

廖凡影住了三天院,这场来势汹汹的感冒才告偃旗息鼓了。廖凡影痊愈后,急忙给侯总写了一份详细的旅游报告。侯总看完廖凡影的报告,他呵呵笑道:"秦辉?他可是个好导游呀!"

廖凡影将秦辉自己掏钱,用鲈鱼贿赂旅游团游客的事情讲了一遍,侯总说道:"你不知道鲈鱼的鳃有治疗咳嗽和感冒的奇效吗?"

鲈鱼有四鳃,将鲈鱼鳃熬汤可以治疗感冒咳嗽。秦辉当时见廖凡影得了重感冒,他便自己掏钱,买来了八条成年的鲈鱼,然后让厨子用这三十二个鱼鳃,为廖凡影熬了一碗药力神奇的鱼鳃汤。

廖凡影竟错怪秦辉了。秦辉治病救人,竟被廖凡影理解为贿赂游客。秦辉曾经说过,只要旅游局接到了三次举报,被举报的实习导游的实习证就将被取消。

廖凡影拿起手机,急忙打给那个旅游局的举报电话,谁曾想接通后,响的竟是侯总桌子上新装一部的电话机。

哪有什么举报电话,这竟是侯总的一个私人号码。廖凡影看着侯总的一脸笑意,她也糊涂了,这是怎么一回事呢?

原来廖凡影当纪律监察部经理的时间太久,思维已经模式化,她将员工和公司摆到了对立的层面上,致使公司上下,充满了紧张的空气。

侯总经过调查取证,发现廖凡影向他反映的员工问题,有时候并不是员工的错误。往往是廖凡影戴着有色眼镜看问题的结果。

侯总最近准备投资旅游业,人在旅途的董事长就是他。秦辉就是他最新任命的总经理。秦辉来环亚商贸公司几次,他其实早已经相中了廖凡影,侯总为了给两个人创造机会,这才做出了一个让廖凡影去旅行社探路的决定。

侯总说道:"秦辉可是旅游学院毕业的高才生,对于这个送上门的'鱼汤'王子,你可要趁着热儿一口喝下去呀!"

幸亏接投诉电话的是侯总,不然她还不得把这个送上门的"鱼汤"王子给投诉跑了呀?

还是让投诉多"飞"一会儿,留下点空当给幸福吧!

神秘的陶笛

一、制陶的行家

　　窑厂村有个制陶的行家，名叫陶老三。陶老三辛辛苦苦地把儿子陶钧供大学毕业了，可是陶钧参加工作没有一年，就辞职不干了。他在城里开了一家仿玛瑙工艺品厂，可是却赔了个稀里哗啦。

　　陶老三为了给儿子还债，他十几万的存款搭里头不说，三间大瓦房也卖了。最后，陶老三只得一个人背着行李卷，又搬回到铜陵河边的老宅子里。

　　几十年前，陶老三的父亲在自家院心这座陶窑出陶的时候，被轰然塌了一半的陶窑压死了。自此陶窑停火，每每到了晚上，那座废陶窑里就会响起隐约的鬼哭声。陶老三也害怕，可谁叫自己生出了个败家子，没有了住处，他只得又回到了这座闹鬼的老宅子。

　　陶老三刚把老宅子收拾出来，陶钧就领着女朋友温小丽回来了。温小丽是西南音乐学院的老师，她父亲就是省音乐家协会的主席温子翰，温主席目前正在帮铜陵市里做一台"千年古韵"的音乐会，忙得是团团乱转。

温小丽知书达理,对陶老三老屋子的破旧并没有放在心上。温小丽对陶老三问候了一番,接着便说出了此行的目的。原来温主席发现,那些现代乐器演奏的古乐简直不忍卒听,特别是在合奏中担任重要角色的陶笛,其音质根本就没有时光的沧桑和历史的厚重感。温小丽讲完,她打开旅行箱的密码锁,从里面取出了大大小小七八根新烧制的陶笛来。

陶老三将那些做工精美的陶笛挨个一吹,陶笛的声音悠远似棉,不绝如缕,这陶笛的造型和音质都是一流的!

温小丽叹了口气,说:"这笛声是不错,可是陶笛在整个古乐的合奏中,起的是一个讲述人的角色,最好,最好……"温小丽的意思是说,这陶笛的声音最好像一个饱受坎坷的老人,要这老人用咿哑的声音来表现出铜陵市古文化的厚重感来。

陶老三一听,愁得也是直挠脑袋。温小丽带来的陶笛,不用想,也是出自名家之手,他陶老三再厉害,也就是个烧窑的把头,想要烧制出音质超乎名家的陶笛来,那又谈何容易!

二、亲家与仇人

晚上的时候,温小丽一个人住在陶家的东厢房里,可是到了半夜,院子里陶窑的方向就隐约地传来"呜呜"的怪声,温小丽刚开始也没注意,到后来越听那声音越觉得奇诡,她找来陶钧一问,陶钧刚开始还遮遮掩掩,最后实在瞒不住了,只得实话实说。

温小丽一听这院子闹鬼,也是吓得脸色发白。可是为了能得到合格的陶笛,她只有叫陶钧住在了外间屋子,给自己打更壮胆!

陶老三这几天可没闲着,他找来最好的陶土,将其制成陶笛坯料,二十多只陶笛的胚料被放到陶炉里,加柴生火,最后,陶笛就被烧制成功了！

温小丽将新制成的陶笛放到唇边挨个一吹，那声音和她拿来的陶笛也是大同小异。看来陶老三烧制的陶笛也失败了。

陶老三一张老脸臊得通红，他用手一指院子里半倒塌的陶炉说道："小丽，我觉得陶笛烧制不成功的原因，很可能是因为那座陶炉的温度不够，只要我将这座旧陶炉改造一下，相信就能烧制出合格的陶笛来！"

陶老三动手修整旧陶炉，温小丽则给父亲打了一个电话。温子翰正为陶笛的事儿着急呢，他一听女儿的电话，急忙开着小汽车，来到了窑厂村。温子翰一下车，陶老三就愣住了，原来这个温主席他认得，他可是陶家的大仇人！

三十年前，温子翰是"造反派"的司令，因为大串联来到了窑厂村，这天，他找到了陶老三的父亲，命他给自己的手下烧上一窑的生活器皿。陶老三的父亲面露难色，原来他家的陶窑上面已经出现了不小的裂口了，亟待修整翻新一下，可是温子翰却不答应，非逼着陶老三的父亲干活不可。陶老三的父亲等一炉陶器烧成，他出窑的时候，却被倒塌的陶窑压到了下面！

脊背已经微驼的温子翰却没认出陶老三来，要知道三十年前，陶老三只是一个二十多岁的毛头小伙子。陶老三为了迎接远道而来的温子翰，特意摆了一桌丰盛的酒席，温子翰多喝了两杯，倒在热炕头上先呼呼地睡着了。

三、陶笛的秘密

谁承想半夜起风了，凛凛的夜风中，那奇怪的"呜呜"声，又响了起来，温子翰一个机灵，从炕头上直坐了起来，他侧耳听着那个"呜呜"的声音,这不正是自己需要的那种陶笛声吗？他急忙披衣下地,奔着那奇怪的声音源头寻找了过去。

陶老三听到声音,跑出房门的时候,却看到温子翰正努力地往废陶窑顶上爬呢！陶老三大叫一声——危险。话没喊完,就听见"轰隆"的一声,温子翰一下子从窑顶掉进了陶窑内！

听到陶老三的惊叫声,温小丽和陶钧也醒了过来,当温小丽听到父亲遇险,她急得连声尖叫。陶老三迟疑了一下,最后一跺脚,他和儿子一起,冲向了倒塌的陶窑。

温小丽的呼救声把周围的邻居都招呼了起来,众人还没等上前去救人,就见陶钧背着一身是血的温子翰从陶窑里冲了出来,温小丽一见父亲得救,还没等欢呼,就听"轰隆"一声闷响,那断后的陶老三就被埋在了倒塌的窑墙下面！

等赶来的邻居们把陶老三救出来,陶老三虽然浑身是土,可是身上却无大伤,他的手里却牢握着一根半截的陶笛。

这半截陶笛混在窑顶的灰土中,翻滚着落到了陶老三的手边,陶老三一下子明白了过来,那半夜的"呜呜"怪响声,就是夜风吹这半截陶笛发出来的动静！

这半截陶笛,还是他小时候的玩具。有一天他贪玩吹这陶笛,忘记了写作业,他父亲一怒之下,把他手中的陶笛一折两半,丢到了窑顶上。

陶老三用衣袖擦了擦这脏兮兮的陶笛,然后将它凑到唇边,轻轻地吹了几下,陶笛发出的声音,沙哑而苦涩,就好像一个充满幽怨的老人,在述说尘封已久的经年往事！

温子翰要的就是这种声质的笛子！看着这只粗糙简陋的半截陶笛,陶老三忽然笑了。他这件当年玩的乐器,根本就是隔壁的胡老三随手用陶土捏成的小玩意,烧制的过程更是马马虎虎。

陶老三讲完情况,温子翰一拍手说:"根据过去的音乐典籍记载,当时的陶笛吹起来,如冬蚓行冰,重涩低哑,而用现在的工艺做出的陶笛,声调和过去完全不同,如果能成功地模仿过去制陶的工艺,就有可能做出音质和古代同样的陶笛来!"

四、真实的圆满

陶老三说干就干,他随便找了一些陶土,用最原始的手捏方法做出了十几只陶笛,放进了新窑中。经过半天的烧制,那十个陶笛就做成了。陶笛烧好后,陶老三一吹,音质确实是低沉了一些,可还是达不到温主席的要求!

温主席指着那只断裂的陶笛,说:"你看这上面,好像有很多的小孔,是不是差距出在这里呢?"

陶老三恍然大悟地说:"我知道了,胡老三在给我捏陶笛的时候,他们家正在雇人锯解烧炉用的干木材,一定是可以燃烧的锯沫子混到了陶土里面,锯沫子在陶笛里面燃烧后,实陶中间就会形成许多空隙,不用想,陶笛因为陶材的不坚实,共鸣不好,音频才会降低,从而达到那种近乎嘶哑的状态。"

陶老三把陶土中加入了不同等量的木质锯末,可是这批烧成的陶笛不是发不出声音,就是声音特别的难听,这究竟是怎么一回事?

陶老三黔驴技穷,最后也是没有招儿了,温主席只得和女儿回到了市里另想办法。可是没过十天,陶钧一脸神秘地找到了温小丽,原来就在温主席走的几天里,陶老三已经把他们需要的陶笛烧制成功了!

烧制陶笛的陶土中加入了锯末,结果因为空洞太多,共鸣不好的陶笛声调出了问题,陶老三冥思苦想,最后他闻着那半只陶笛身上的烟味,竟一下子明白了过来,他当年玩的陶笛是被父亲一下子丢到陶炉顶上,

这一半一定是滚落到了烟囱里,实陶中的孔洞,竟都被烟垢一点点添补满了!

用浓烟熏制陶笛,就是古人制作低音陶笛的秘密!

"千年古韵"的音乐会在铜陵市的市政府大厅中如期举行,参加铜陵市古文化旅游的外国友人和中国音乐界人士听完那场音乐会,竟都被那充满沧桑味道的陶笛声深深地震撼了!

这台晚会通过电视台直播后,全国各地的乐器公司纷纷高价求购这种陶笛,陶钧放弃了仿制玛瑙的生意,专门经销起这种陶笛来。

陶钧和温小丽的爱情也成熟了,两亲家在一次喝酒的时候,温子翰告诉陶老三:"我有个双胞胎的哥哥,名叫温子浩,他在参加一次武斗的时候,竟被对方甩来的手榴弹炸死了……温小丽就是温子浩留下的女儿,是我将她养大成人的!"

陶老三手中的酒杯"啪"的一声,掉落到了地上,谁会想到事情竟会是这个样子,温子浩当年害死了陶老三的父亲,许多年以后,温子浩的女儿,竟然又嫁到了陶家。如果不是陶家父子心存善念,冒着生命危险把温子翰从塌窑中救出来,哪会有如此仇恨化解,陶笛制作成功的大好结局?

陶老三暗暗发誓,那段叫人想起来就不痛快的往事,就索性烂在心里,他死也不会对孩子们说的!

抓虫娶媳妇

一、好鸡好味道

佟武勇和袁小娜的老家在建昌药王庙乡。他们两个人一起念完了高中，可是都没考上大学。袁小娜决定回家乡发展，她就在药王庙乡开了一个庄稼医院，说是医院，其实就是一个经销农药和化肥的农资店。

佟武勇志向远大，一心想进城当白领，袁小娜却笑他癞蛤蟆想吃天鹅肉——竟惦记着高口味。佟武勇和袁小娜自小一起长大，不说青梅竹马，也够上两小无猜了！两个人的恋爱关系虽然没挑明，但彼此早就已经都有对方了

佟武勇一见女朋友瞧不起他，他一拍胸脯道："小娜，你放心，我到城里打工赚钱，过年的时候，一定要给你买个土鸡蛋那么大的钻戒回来！"

佟武勇他爹名叫佟老大，佟老大开有一个养鸡场。他听儿子讲完进城的打算，便把眼睛一瞪，道："打工？有在家里的土鸡场当场长神气？"

养鸡有什么神气的，说句不好听的话，鸡笼子前放块大饼子，那活儿狗都能干。佟老大听儿子瞧不起喂鸡的，气得他对着佟武勇的屁股"咣"地就踢了一脚，骂道："死小子，不知道天高地厚，我踢死你！"不是佟武

勇跑得快,他今天这顿臭揍是挨不过去了!

佟武勇越想越气,他睡到半夜,偷偷地起来,然后揣着二百块钱,就脚底板抹油——溜到了省城。

佟武勇在省城里接连换了三四个工作,最后才在一家农药批发公司安定了下来。这家公司的老板名叫牛犇,这个脑满肠肥的牛老板虽然奸诈,却对佟武勇非常赏识。公司因为需要资金周转,半年多都没发工资了,但牛老板还是一个劲地拍着佟武勇的肩膀,给他打气道:"小佟,好好干,今年年底我一定给你包个大红包!"

可是到了年底,牛老板因为经营违禁农药,公司被工商局查封,牛老板拿着员工们的工资,连夜就逃得无影无踪了。

佟武勇两手空空地回到家里,他爹佟老大骂道:"臭小子,说你是碟子里扎猛子,不知道深浅吧,这回碰了南墙,看你下次还折腾不?"

佟武勇现在真是秋后的蚂蚱,想蹦跶都蹦跶不起来了。他灰溜溜地来到了袁小娜的庄稼医院,袁小娜因为肯钻研,什么《辽东病虫害防治》、《三段法治虫》都被她背得精熟。到庄稼医院买药治虫的乡亲们络绎不绝。袁小娜一见霜打了的茄子似的佟武勇,她提高了声音问道:"鸡蛋那么大的钻戒呢?"

佟武勇脸色通红,他吭哧了半天才说道:"我被骗了!……"佟武勇最后也不知道自己是怎么回家的。到了家里,他仰头就喝下了半瓶老白干,然后站在养鸡场的门口,冲着咯咯叫的土鸡们叫道:"从明天开始,我要当你们的场长!"

佟武勇在鸡场一干就是两个月,一批鸡雏,已经长成半大鸡了。佟老大看着儿子忙前忙后卖力的样子,他也有点奇怪,这小子咋的了,莫非哪根神经受刺激了!

佟武勇见他爹替自己担心,他一拍胸脯说道:"爹,你放心,我将来一定要开一个镇子那么大的养鸡场! ……袁小娜瞧不起我,我还瞧不起她呢！"

佟老大翻翻眼睛说道："你开那么大的养鸡场，养出的鸡卖给谁？"

佟武勇嘿嘿一笑，说道："我喂的鸡，一定畅销，我要把山南海北的鸡贩子，都吸引到药王庙乡来。"

佟老大听儿子说完，也是连连摇头。药王庙乡以前的土鸡都是散养的。散养的土鸡们渴了喝泉水，饿了吃蚂蚱，那肉味真是一煮十里香。可是现在鸡场林立，土鸡的数量成倍增长，喂饲料，加助长剂……土鸡出笼的时间被缩短了一半，但那鸡肉，吃到嘴里，又柴又硬，没有滋味。

佟武勇摆了摆手，说道："爹，你尝尝我喂的土鸡再说吧！"他说完话，从打头的第一个笼子里，抓出了一只鸡来，今天晚上，他要来个小鸡炖蘑菇，非要和佟老大喝几杯不可。

晚饭的时候，佟老大一吃儿子炖出的鸡肉，当时就愣住了，这鸡肉好吃呀，甚至比二十年前的土鸡还要好吃呀！

这是怎么一回事呢？佟武勇呵呵一笑道："这是我喂鸡的秘密，谁也别想知道！"

二、抓虫能致富

佟老大天生就是一个爱刨根问底的人，他刚想追问原因，佟武勇因为喝多了酒，倒在床上，呼呼睡着了。

佟老大用手使劲推了儿子几下，佟武勇说啥也是不醒了。佟老大"哼"了一声，说道："你小子那点鬼心眼，还想瞒老子，办不到！"

佟老大拿起了手电筒，直奔鸡舍而去，宽大的鸡舍里，佟武勇只在打头的鸡笼子上面点着一盏白炽灯，鸡舍中的蚊虫和飞蛾不少，蚊虫和飞蛾都有趋光的特性，这些飞虫绕灯乱飞，第一个笼子里的几十只土鸡一见送到嘴边的美食，一个个也顾不得睡觉了。争着抢着去捕食飞虫。

怪不得这笼子里的鸡肉好吃，它们能吃到美味的夜宵呀。第二天一大早，佟武勇就被佟老大揪着耳朵弄醒了，佟老大把眼睛一瞪说道："臭小子，赶紧想个办法，真要是咱们家的土鸡都吃上了夜宵，那么咱们家的鸡可就不愁卖了！"

鸡笼子里的飞虫有限，即使多点几盏灯，也解决不了吃虫的问题。父子两个人正想办法呢，忽听外面有人喊佟老大。

佟老大出门一看，来的竟是老侯。老侯是林业大户，他种了一百多亩杨树，现在正闹小白蛾呢，老侯想求佟老大帮自己打药灭蛾去。

佟武勇一听老侯的树林子里有白蛾，他叫道："侯叔，不就是消灭小白蛾吗，这事儿你还是交给我吧！"

老侯说道："你能灭小白蛾？"

佟老大一见老侯一脸怀疑，他一拍胸口，说道："我给我儿子打包票，你就放心吧！"

佟武勇先到镇里的市场上，买来了十几面细眼沾网，然后把这些沾网立到了侯家林场的空地上。到了晚上，沾网中间再点上一盏白炽灯，那些啃食树叶的小白蛾，立刻向沾网中的白炽灯飞来。

第二天一大早，佟武勇开来了一辆三轮车，那些沾网上已经密密麻麻地挂满了小白蛾，等他把网上的小白蛾倒进车斗里，一夜捕捉飞蛾的收获，竟有两百多斤。

两百多斤小白蛾倒进了鸡食槽子里，鸡笼子里的土鸡们一见白蛾，抢得"噼里啪啦"直响。它们一边吃，一边叫，真比过年还要兴奋。

土鸡吃饲料哪有吃飞蛾生长得快呀。飞蛾可是高蛋白、低脂肪的好东西。这些天，土鸡抢食都快抢疯了。

一百亩地的林场除虫工作，佟武勇只用十几天时间就干完了。老侯拿出了一千块钱，非要酬谢佟武勇不可。佟武勇推辞道："侯叔，我怎么能要您的钱呢,以后林场中有虫了,您随时可以找我!"

佟家鸡场的土鸡这十多天因为喂小白蛾,不仅省了两千多斤精饲料,而且土鸡的长势也比平时快了一倍。

鸡贩子们一尝佟家鸡场喂虫土鸡的味道,一个个拍桌子叫绝。鸡贩子们纷纷给佟老大高价,这吃虫鸡立刻变得供不应求了!

数着厚厚的一沓钞票,佟老大乐得嘴都合不上了。正在佟武勇高兴的时候,袁小娜却气势汹汹地找佟武勇兴师问罪来了。

侯家的林场防治小白蛾,每年至少也得用五千多元的农药。佟武勇帮老侯把虫抓干净了,袁小娜的庄稼医院却只能喝西北风了!

佟武勇抓飞蛾喂土鸡,他还真的没有想到这么多,佟武勇磕磕巴巴地说道:"小娜,我不是故意的!……实在不成,庄稼医院的损失我来补!"

袁小娜"哼"了一声说道:"从今往后,你就是我的阶级敌人,以后不许再到庄稼医院找我来了!我不认识你!……"

佟武勇还想解释,没想到袁小娜一甩辫子,再也不理他了!

佟武勇抓虫抓出了名,镇里的十多个养鸡场的厂长都找佟武勇来了。要知道现在一斤精饲料就是两元多,喂三斤精饲料,也没有喂一斤虫子有营养呀!

他们给佟武勇开出了一斤虫子五元钱的高价,而且有多少收多少!真是情场失意,事业得意。佟武勇抓虫抓得更来劲了。一个月后,药王庙乡天上飞的飞虫基本都叫佟武勇抓干净了,佟武勇眼珠一转,开始把抓虫的目标,定格在镇边的菜地和庄稼上。

菜地和庄稼上的虫子大多是爬虫,因为没有翅膀,再用沾网的老办法,已经不管用了。

佟武勇就拿着铁锹,他先在菜地和庄稼地头挖了十几个深坑,然后在坑里注满了清水,到了晚上,佟武勇再把一个经过防水处理的白炽灯,放到了水坑里。

白炽灯到了晚上一打开，那些虫子就会赶集样爬过来，最后一个个落水身亡，佟武勇第二天早晨过来用网兜一捞，每一个水坑中，都有二十几斤虫子的收获。

这一天，卖完虫子的佟武勇正在睡午觉，忽听外面有人大叫道："佟武勇，你小子出来，我的鸡都被你的虫子毒死了！"

三、捉虫美姻缘

来的人是富裕鸡场的张场长。张场长今天买了佟武勇三十多斤虫子，这些虫子喂完鸡后，当时就有一百多只活蹦乱跳的土鸡口吐白沫，最后倒地蹬腿报销了！

佟武勇听张场长说完，就好像一个雷，劈在了自己的脑袋上。这怎么可能呢？他跟着张场长身后，直接来到了富裕鸡场，果然鸡场的门口，堆放着一百多只死鸡。

佟武勇说道："张叔，你放心，鸡场的损失，我一定会负责赔偿的！"佟武勇讲完话，直奔他昨天抓虫的水坑，在水坑不远处的一块白菜地中，他发现了一个空瓶子。佟武勇捡起空瓶子一嗅，一股臭烘烘的农药味道，熏得他差点呕了出来！

佟武勇在省城的农药批发公司干过，这样刺鼻的药味他真是太熟悉了，这是剧毒农药灭胺磷的味道呀。灭胺磷杀虫子的效果确实霸道，一瓶下去，半亩地的虫子都会死翘翘。可是灭胺磷毒副作用极大，不仅高残留，而且施药者的安全也得不到保证，灭胺磷属于高危农药，早已经被国家明令禁止了。

佟武勇昨夜抓虫，一定是吃了农药的菜青虫误入水坑，最终成为药杀土鸡的杀手。佟武勇拿着空空的农药瓶，找到了菜地的主人，那人低声告诉佟武勇,这瓶灭胺磷就是从袁小娜的庄稼医院里买来的。

佟武勇手里拿着空药瓶,直奔袁小娜的庄稼医院,佟武勇把空药瓶"砰"的一声立在了桌子上,他叫道:"小娜,你经销灭胺磷,这是违法行为,你知道吗?"

袁小娜一见佟武勇,那气就不打一处来,她冷笑一声道:"害虫都被你抓光了,你还不叫我卖点管用的农药,你比皇太后和容嬷嬷她们都坏!"

佟武勇说道:"我抓的虫子里面,混进不少被灭胺磷毒死的虫子,这些虫子已经把富裕鸡场的土鸡毒死了一百多只!"

可袁小娜故意气人,就是不承认错误。佟武勇说道:"小娜,真要是工商局找上门来,那可就晚了!"

佟武勇赔偿了富裕鸡场的损失后,他果然小心多了。每次抓虫前,他都会对周围农作物用药的情况先打听清楚。果然,这以后他捉虫再也没出过什么大的纰漏。

佟武勇每天都能收获几百斤虫子,除去雇人和电费,至少能赚千八百块,可是袁小娜庄稼医院的生意却一天不如一天。要不是袁小娜偷偷卖一些高毒的灭胺磷,勉强维持生意。恐怕庄稼医院早就得关门大吉了!

这天佟武勇正在抓虫呢,就见他爹气喘吁吁地跑了过来。佟老大远远地叫道:"武勇,你赶快回去一趟,工商局来了人,说要查封小娜的庄稼医院呢!"

佟武勇听他爹说完,他丢下了手里的抓虫工具,然后一阵风似的跑回了镇子。四五个工商局的工作人员正站在袁小娜的庄稼医院里,检查是否有违法的高毒农药呢!领队的赵科长是佟武勇的小学同学。袁小娜一见佟武勇跑进了药店,她求救地说道:"武勇,你快跟他们说说……他们要封我的庄稼医院呢!"

佟武勇向赵科长一问情况,他才知道,邻县也是有人暗中倒卖灭胺磷,致使多人中毒死亡,赵科长用肯定的语气说道:"我们接到举报,说袁小娜的庄稼医院也卖过灭胺磷!"

佟武勇一见纸里包不住火了,他把赵科长拉到一边,然后低声把袁小娜卖药的经过讲了一遍,最后说道:"我也怕小娜闯祸,她进的灭胺磷都被我派人偷偷买走了!"

怪不得药王庙乡的灭胺磷农药没有出事,佟武勇竟暗中帮了赵小娜一把呀!

赵科长看着佟武勇家里未开封的两百多瓶灭胺磷,说道:"经销违禁农药,按照工商法规,这要吊销经营执照的!"

赵科长看着佟武勇一个劲地央求,他说道:"只要袁小娜检举揭发制造农药的黑工厂,我不仅不罚她,还要对她进行奖励呢!"

佟武勇找到袁小娜一谈,袁小娜却是连连摇头,她买高毒农药是通过网上汇钱,然后药商再把农药派人给她送过来,她先后进了五批农药,每次送货的人都不一样。佟武勇抹了一把冷汗说道:"小娜,找不到批发给你剧毒农药的坏商人,赵科长就要吊销你的营业执照啊!"

袁小娜也是急得团团转,佟武勇翻看着农药包裹上贴着的地址条,他忽然叫道:"这笔迹我熟悉,这是当初骗我的那个牛老板的笔迹呀!"

袁小娜从网上付钱,第二天就能接到农药,很显然,发货的黑药商住的地方离她很近呀!

牛老板从省城消失,一定隐身在县城。佟武勇回家找到他和牛老板的合影,然后把照片交给了赵科长。赵科长把牛老板的照片传给了县城的公安机关……没用五天,牛老板就被抓落网了。

袁小娜的庄稼医院保住了。高兴得袁小娜结结实实地亲了佟武勇一口。说道:"武勇,我真是稀罕死你了!"第二年,佟武勇和袁小娜结婚了。谁会想到,佟武勇的老婆竟是抓虫抓来的,这样的经历简直太神奇了!

立楼全凭一棵村

相脚术

一、吃霸王餐

清河镇背靠白松山，是一个有着几千名人口的镇子。在镇东的平安街上，新开了一家青林小吃部。这家小吃部的老板名叫张放，端菜的女服务员名叫李翠莲。他俩是一对夫妻。

张放和李翠莲原来在白松山林场上班，因为林场效益不好，两个人一商量，便来到了清河镇，开了这家小吃部。

青林小吃部的选址偏僻，夫妻二人经营了一个多月，也是没赚到多少钱。这天正是中午吃饭的时候，但八张桌子的小吃部中，就只有一个客人，他要了两个菜，四瓶啤酒，正低头背对着店门口连吃带喝呢。

李翠莲正发愁没有客人上门，就见一个身穿青色绸衣，头戴礼帽的干瘦老头走进了青林小吃部，李翠莲急忙热情地凑了过来道："这位大哥，您来点什么？"

这干瘦的老头名叫牛一手，他先将手里拿着的《易经》放到桌子上，然后一捋胡子说道："酱牛肉，驴板肠，德府烧鸡，再给我来一瓶聊城老窖，我有急事，上菜越快越好！"

李翠莲答应一声，急忙一溜小跑，来到后厨房。张放一看牛一手点的这三个菜，连说好弄，这三个菜全都是熟食，都在冰箱里放着呢，现在只要将菜放在微波炉里一加热，用不了三分钟，这三个菜就能上桌了。

果然不大一会儿，李翠莲就把菜给牛一手上齐了。张放为了让客人高兴，他还特意为牛一手做了一碗免费的鸡蛋汤，可是李翠莲刚把这碗汤端到桌子上，牛一手竟把这顿饭吃完了。

李翠莲心里暗笑，这个客人上辈子一定是饿死鬼托生的。

牛一手吃喝完毕，他一掏兜，却愣住了，他因为今天出来得急，钱包竟忘带了。

牛一手将赊账的想法一说，李翠莲为难地道："我们也不熟，实在不成你把身份证押我们这吧？"

牛一手的身份证放在钱包里，钱包没带，哪有什么身份证。

李翠莲又给他出主意，让他打电话，叫家人或者朋友把钱送过来，可是牛一手却把脑袋一摇，他光棍一个人，哪有什么亲戚朋友。

张放在厨房里一听牛一手要无赖，他瞪着眼睛从厨房里走了出来，叫道："你是想吃霸王餐吗？"

李翠莲也对牛一手失去了耐心，她尖声叫道："你要是敢吃霸王餐，我打电话让派出所的警察收拾你！"

牛一手却"嘿嘿"一笑道："今天镇里派出所的警察都到市里开会去了，你打电话也白打！"

李翠莲一打报警电话，果然电话一个劲地响，就是没人接，李翠莲看着牛一手得意的样子，气得她也是连连跺脚。

张放怒气冲冲地走上前，他一把抓住了牛一手的脖领子，叫道："对付你这样的无赖，办法有都是，你帮我到后厨刷盘子洗碗，打工还债！"

二、脱鞋算命

牛一手一见张放急眼了,他心里也是有点害怕,急忙用恳切的语气,说道:"大兄弟,我牛一手也是个讲究人,自然不能白吃白喝你们的酒菜,我就送你们一卦吧!"

张放狐疑地说道:"你会算卦?"

牛一手拿起了桌子上的那本《易经》,炫耀地在张放的眼前一晃,然后用带着吹嘘的口气说道:"我算卦的方法在清河镇那可谓是蝎子拉屎——独一份,名字叫脱鞋算卦!"

张放嘴里咕哝道:"脱鞋算卦?"

牛一手说道:"男左女右,想算的话,就把你左脚上的鞋脱下来! 脚为人之根基,只有相准了根基,那么人的一生成功失败,祸病荣辱也就清楚了!"

张放松开了抓着牛一手领口的手,他三两下脱去了左脚上的鞋袜,然后把脚丫子往前一伸,说道:"算吧,算不准,我还找你讨要酒菜钱!"

牛一手猫腰低头,他瞧着张放左脚背上的几颗黑痦子,说道:"你们赶快把进屋的几只苍蝇打死,不然小吃部便要大大地破财了!"

李翠莲见张放对她点头,她急忙拿出了电蚊蝇拍"噼里啪啦"地一顿放电,屋内乱飞的几只苍蝇就彻底报销了。李翠莲刚刚电死了苍蝇,两名检查蚊蝇危害的卫生局工作人员就推门走进了小吃部,他们在小吃部里转了几圈,一见没有苍蝇,竟大大表扬了张放夫妻一顿,连说他们卫生工作做得好。

张放夫妻送走了两名卫生局的工作人员,李翠莲急忙给牛一手倒了杯热茶,然后一迭声地说道:"神仙,真是神仙,这顿饭算我们请您的,辛

102

苦您再帮我看看？"

牛一手拖着长腔问道："这回你不当我是吃白食的了？"

李翠莲满脸赔笑地说道："误会，误会，下次您再来，随便签单赊账，我们保证没二话！"李翠莲一边说话，一边脱下了鞋袜，牛一手盯着李翠莲的右脚丫能有半分钟，他突然一拍巴掌，叫道："你马上就要发笔小财了！"

李翠莲放下了脚，她狐疑地道："我要发财了，这不可能吧？"

牛一手用神秘的语气说道："不过发财之前，你必须得弄出点动静！"

牛一手所说的动静是放一挂鞭炮，张放和李翠莲一听要求，当时就犯难了，现在不年不节的，可让他们到哪里买鞭炮呢？

牛一手想了想说道："不成这样吧，你就往门外丢几个酒瓶子吧！"

李翠莲发财心切，她瞧着街上无人，便"嗖嗖"地往小吃部门外丢了两个酒瓶子，听着酒瓶子碎裂的声音，牛一手用怂恿的口气说道："再丢，再丢！"

李翠莲丢到第八个酒瓶子的时候，就听门外响起了福利彩票站小王的招呼声："李大姐，你怎么往门外丢酒瓶子……告诉你个好事，你昨天托我买的那注彩票得了三等奖，奖金一千块，你可不要忘记请我吃饭呀！"

李翠莲听到自己中奖的消息，她高兴得连连拍手，这牛一手根本不是人，简直就是活神仙。一直在闷头喝酒的那个客人也被惊呆了，他摸出了一百块钱，也悄悄地凑了过来，道："牛先生，请您也帮我算一卦！"

三、真正目的

这个客人三十多岁，牛眼圆脸，左腮上有道伤疤，龇牙一笑，就好像腮帮子上，又多长了个嘴巴似的。

牛一手久闯江湖，来者不拒，他接过客人递来的一百块钱，然后说道："脱鞋吧！"

这位客人脱下了左脚上的运动鞋，然后就把一只光脚踩到了旁边的一张椅子上，牛一手为了赚钱，他对着这位客人的左脚看得非常仔细，看了多时，他忽然一拍手叫道："了不得，了不得，你这只脚真的了不得！"

牛一手一咋呼，倒把小吃部里的三个人都吓了一跳。

牛一手蹲在这名客人的脚旁，滔滔不绝地道："《相脚术》在江湖秘传千年，可谓博大精深，奥妙无穷！《相脚术》将人的脚分成九类，其中最高级的便是帝王之脚。这位客人的脚形绝对是万里挑一的帝王之脚，这只脚要是生在战乱不息的年代，他没准就揭竿而起，早已经成就一番霸业了。"

这位客人听得云里雾里，很显然他对牛一手耸人听闻的论调不很相信。

牛一手煞有介事地说道："您这脚型，放在现代，也就是被海葬的本·拉登，被绞死的萨达姆，还有那个被击毙的卡扎菲可以比拟呀！"

那个客人听牛一手忽悠自己，他气得眼睛一瞪叫道："你怎么不说人话，有拿活人跟死人比的吗？"

牛一手一把抓过了这位客人放在地上的运动鞋，然后猛地转身，狸猫似的蹿到了小吃部的外面。

牛一手站在店门口，然后扯开喉咙，大声叫道："抓杀人犯，杀人犯李六子在小吃部里喝酒呢，快去找警察，不要放这小子逃走！……"

李六子一听身份暴露，吓得他抽出藏在腰畔的匕首，撒腿就往门外跑，可是没跑几步，脚丫子就被门口的碎酒瓶渣子扎中了，他"哎哟"地惨叫一声，仰天倒在了地上，直到这时候，李六子才知道被牛一手算计了，他咬牙切齿地一扬手，手中的匕首飞出，一道白光，直刺牛一手的面门。

牛一手急忙低头，李六子的匕首"嗖"的一声，将牛一手头上戴的礼帽刺落在地。

暗处埋伏的两名镇派出所内勤警冲了出来，他们将脚底受伤，失去逃跑能力的李六子按倒在地，然后用手铐子牢牢地将他铐了起来。

两名内勤警抓住了杀人犯李六子，他们站起身来，对着牛一手连声说道："老所长，真的谢谢您！"

这个假扮成牛一手的算命先生，便是镇派出所已经退休的老所长黄胜。黄胜退休后，就自愿当上了镇派出所的治安协管员。

今天早晨，镇派出所所长领着七八名干警坐车到市里开会，派出所里只剩下两名留守的内勤警。镇里以算命骗财为生的牛一手得知镇里警力空虚，他便偷偷地来到街上，正准备用打卦算命这套把戏蒙人钱财的时候，他就被老所长黄胜抓住了，最后牛一手被黄胜扭送到了派出所。

这两名内勤警正准备给屡教不改的牛一手办拘留手续，他们突然接到了来自平安街的一个报警电话，报警电话称杀人通缉犯李六子来到了清河镇，他正躲在青林小吃部吃饭喝酒呢。

李六子身高体壮，又藏有凶器，他潜回清河镇，是来取昔日埋藏在镇子里的一笔赃款，然后准备蹿进白松山，继续潜逃。

李六子喝一顿酒，最多半个小时的时间，清河镇的派出所所长领着干警们从市里急速赶回来，至少也要两个小时。

在半个小时之内，如何抓住李六子，倒把这两名连配枪权利都没有的内勤警给难住了，他们急忙向老所长黄胜问计，黄胜手拿缉捕李六子的通缉令，正愁得来回在踱步的时候，牛 手却 拍胸脯，站起身来说道"我要戴罪立功，我能帮你们抓住李六子！"

李六子虽然穷凶极恶，但他却非常迷信，牛一手就是要利用他的迷信思想，擒凶抓人，立功赎罪。

牛一手果然有些小聪明，他设计的脱鞋算命，然后用尖利的酒瓶渣子放倒李六子的办法确实可行,但是让他去小吃部与李六子正面交锋,两名内勤警可是一百二十个不放心。

老所长黄胜挺身而出,最后他扮作了牛一手的模样,然后手拿《易经》,直奔青林小吃部而去。

张放和李翠莲因为初来清河镇,并不认识老所长黄胜。黄胜先用脱鞋算命唬住了张放和李翠莲……那两名检查卫生的执法人员,还有卖福利彩票的小王,都是黄胜让两名内勤警特意安排的。

黄胜骗李六子脱下了一只鞋,然后他提鞋冲出小吃部的店门,接着李六子被酒瓶渣子扎烂了脚底被擒,这个精彩的抓捕杀人犯的过程,真的是可圈可点。

牛一手虽然没有直接参与抓捕杀人犯,但是他也有献计的功劳,牛一手一下子成了清河镇的名人。

经过老所长黄胜的努力,牛一手被安排到镇政府收发室打更去了,以后再有人找他算命,他都会先看一眼墙上挂的礼帽,那个礼帽上有两个被匕首刺出来的窟窿。然后他咳嗽几声,再神秘地告诉人家:"人的命很好算——其实就是穿好鞋,慎走路,千万别让啥东西扎到脚呀!"

修炼成精的一条鱼

补漏

一、小毛出手

辽宁葫芦岛市绥中县九门口（古称一片石）长城，这里曾经发生过李自成和吴三桂的"一片石之战"，游人到此处，都想买一个能代表那段历史的小文物，故此，最受游客欢迎的便是十几家古玩店。张远山和牛犇两个人开的古玩店最大。店里的文物也最多。

可是张牛二人因为生意竞争的缘故，彼此心里早存芥蒂了。这天一大早，牛犇刚刚打开店门，就见张远山背手站在门外，正候着他呢！

牛犇脸上强挤出一个笑容，道："张老板，早呀！"

张远山尴尬地答应着，然后他用手一指牛犇店门上贴着的招工启事，说道："牛老板，我看你店里缺人，今天我特意给你推荐一个人才！"张远山刚讲完话，就从路边的灯箱后，转出了一个锅着黄头发的小青年——张小毛，张小毛是张远山的一个远房侄子。他今年在技校刚刚毕业，找不到工作，他就到九门口旅游区想辙来了。

张小毛身穿乞丐装，衣服上露着七八个拳头大小的窟窿。他一边嚼着口香糖，一边含糊不清地和牛犇打招呼："牛叔好！"

牛犇看着张小毛一幅古惑仔的形象,他也是直皱眉头,最后一琢磨,明白了,如果张远山收留了张小毛,碍着亲戚的情面,确实不好解雇他,他就把张小毛这块烫手的山芋丢给了自己,张远山这是想借刀杀人呀。

牛犇本想拒绝,可是转念一想,他又呵呵笑道:"好,我看小毛这娃儿机灵,将来绝对错不了,我就好好培养一下他吧!"

就这样,张小毛就到牛犇的春秋古玩店上班了。张小毛除了K歌、蹦迪和跳街舞,他对任何经商做买卖的手段都是一窍不通,更别说专业性质极强的经销古玩了。第一天上班,他就毛手毛脚地捅倒了一个香炉,第二天下午,他又失手打碎了两个碟子。虽然这三样东西都不怎么值钱,可是一千多块钱,"啪啪啪"三声响,竟比放鞭炮都快,立马就报销了。

牛犇把张小毛叫到了自己的办公室,然后说道:"小毛,你还是别卖货了!……"

张小毛一听牛犇不叫他卖货了,他哭丧着脸说道:"牛叔,你不是要开除我吧?"

牛犇连连摆手,说道:"开除你,这怎么可能,你是个人才呀!"牛犇从抽屉里摸出了一个信封"啪"地丢到了桌子上。那信封里有五千块钱,牛犇叫张小毛明天就开始下乡,为春秋古玩店淘弄文物去。

张小毛搔了搔头皮,为难地说道:"收购文物,这我更不懂呀?"

牛犇从书柜里拿出了一本《文物鉴定速成大法》,交给了张小毛,说道:"连夜就看,我保你明天一大早,就能成为文物界收购的大师了!"

张小毛恶补一夜,直看得他的两只眼睛通红……第二天一早,他手里拿着一个蛇皮袋子,就准备开始下乡行动了!

张小毛刚刚来到了街口,侯老疤癞骑着摩托车慢悠悠地开了过来,他用献媚的声音对张小毛说道:"哥们,想到哪,坐我的摩的去吧?……"

二、上周文物

张小毛坐着侯老疤瘌的摩托车在乡下转了半天,最后用四千八百块收上来一尊西周的青铜鼎,侯老疤瘌帮张小毛把青铜鼎装进蛇皮袋,他压低声音道:"张老弟,今天你可赚大发了,怎么也得多给我点呀!"

张小毛甩手就给了侯老疤瘌二百元,然后他一仰下巴,洒脱地说道:"侯大哥,明天到乡下淘宝,我还找你!"

张小毛坐着侯老疤瘌的摩托车回到了春秋文物店,牛犇用手一摸张小毛收上来的西周古鼎,他的手一哆嗦,好像触到了热水一样,张小毛纳闷地说道:"牛叔,你怎么了?"

牛犇一咧嘴说道:"你收的这是西周文物吗? 我看这纯属是上周做的假东西,这不,还烫手呢!"

牛犇派人去把张远山请了过来,张小毛出手第一次就栽了,他摔跟斗,羞得可是张远山的脸。

九门口的十几家古玩店,店老板个顶个都有两把刷子,可是真有什么存疑的文物需要鉴定,他们都绕过牛犇去找张远山,牛犇偏就不服,他觉得自己不论从鉴定水平还是文物造诣都要远远超过了张远山,张小毛初出茅庐,牛犇便叫他去收东西,这本来就是一条挤兑张远山的妙计。

张远山走进了春秋文物店,他围着那尊一尺半高的青铜鼎转了一圈,然后点了点头道:"假? 叵是假得好啊!"

西周古鼎,国之重器,如果这尊鼎是真的话,绝对可以用价值连城来形容。所以,作假的文物贩子一般不会制作这么大的青铜器,换句话说,这么假的假文物,也只有像张小毛这样的棒槌才会买。

牛犇一听张远山胡说八道,他正要开除张小毛,然后叫张远山赔偿自己的损失，没想到张远山从怀里掏出了手机，接着对这尊假鼎拍了一张照片，然后他把这张假鼎的照片，用手机就发了出去。

没过五分钟，从北京方面便发过来一条短信，看完手机上的短信，牛犇也愣住了——这尊假鼎有人收购，出价七千。张小毛出外转了一圈，净赚两千元！

牛犇还真的没有张远山的消息灵通，北京有十几位收藏家，他们出资建了一座赝品的文物展览馆，像这样制作精美的假鼎，正可以摆到展览馆里，给文物界的新手当借鉴呢！

张远山这漏补得实在巧妙。牛犇眼珠一转，他又塞给张小毛一个信封，信封里有一万块，他还是叫张小毛继续收购文物去。

张小毛就是个棒槌，他第一次出外收购文物就赚到了钱，他往后尾巴一翘，还不定惹出多大的乱子来呢。张远山手段不是高吗，他牛犇倒要看看他怎么再给张小毛补漏。

张小毛这天一大早又坐上了侯老疤瘌的摩的，直奔兴城的方向而去！……

三、补漏高手

牛犇要去山海关看朋友，他晚上八点多钟才开车回到了九门口，可是他刚刚踏进自家古玩店的门口，就发觉气氛不对，只见店里的三个伙计，蹲在屋子中间，正围着一尊狰狞的独角兽在看呢。这尊独角兽是用红绿黑三色的彩釉烧制而成，怒目张口，神态威猛。

这尊唐三彩的独角兽一定是宝贝，张小毛洋洋得意地将这尊宝贝收来，他正等着牛犇的夸奖呢！

牛犇真是忍无可忍，他对着张小毛的屁股踢了一脚，然后指着张小毛的鼻子骂道:"张小毛,把你收来的这尊守墓兽给我扔出去!"

张小毛还以为自己收的是唐三彩,其实这就是一尊守墓的独角兽。过去给亡人建陵,都要弄两尊独角兽放到墓道里,一是守灵,二是吓唬盗墓贼,这种死人的冥器透着邪气,文物玩家都觉得丧气,避之唯恐不及,谁还会高价收购呀!

张小毛急忙给张远山打电话,打完电话,他得意地一晃脑袋说道:"管它是啥东西,我张叔已经帮我联系好买家了!"

冥器也有人买,牛犇听完差点晕倒。张远山真不简单,他去年在天津的三不管,认识了一个专门收购世界各地冥器的商人,这个商人名叫乔治。乔治收购到这些冥器后,便会给法国一家名叫幽灵船的酒店送去。幽灵船酒店装修走的是偏激路线,他们把一百多间客房,都布置成了坟墓的形状,这件守墓的独角兽,正合乔治的口味呀。

远在埃及的乔治接到张远山的传真,第二天便派天津的助手驱车赶到了九门口,那个诡异的独角兽,竟被他用两万元的价格买走了。

张远山道行高深,他真是和牛犇耗上了,不管张小毛买来什么稀奇古怪的东西,张远山都有办法将其卖出去。张远山补漏的功夫实在是太高了。

张小毛折腾了一个月,竟给牛犇赚了五六万,牛犇现在给张小毛购买文物的钱,都已经有七八万了。侯老疤瘌每天拉着张小毛城里乡下乱转,也从他身上揩了不少的油。这天两个人转了半天,也没收到啥像样的东西,张小毛用手一指路边的酒店,说道:"侯哥,今天我请你吃海鲜去!"

侯老疤瘌二杯酒下肚,这舌头就长了,他借着酒劲,低声说道:"张老弟,我看你也是实诚人,吃完饭,我带你到东山乡去转一趟,那里偏僻,一定能收上来好东西!"

侯老疤瘌吃完了海鲜,然后骑着摩托车直奔东山乡,东山乡真有好东西,张小毛在东山乡花了六万块,什么瓷器、玉器还有明清两代的古兵器,就收上来了一马车。他把这些东西运回九门口后,当天晚上,由当地工商和公安局组织的联合执法队就开进了东山乡,十几个隐蔽在深山里的造假窝点就这样被端掉了。

原来,张小毛真正的身份是刚从警校毕业的警察,九门口辟为旅游景点后,有很多世界各地的游客到这里来旅游,可是购物的时候,有很多人都被在市场上泛滥的假文物给骗了。

牛犇和张远山就来到当地的派出所,派出所的马所长对他们的打假计划相当支持,马所长便把张小毛派给了他们两个,一场补漏的大戏真实地演下来,身为假文物捐客的侯老疤癞也被弄糊涂了,他最后真的把张小毛当成了棒槌,竟傻呵呵的把张小毛领到了制假的老巢。

这场剿灭假文物的歼灭战胜得干净漂亮,九门口地区的文物市场假货被彻底肃清。这才是一场真正意义上的补漏呢。张小毛功不可没,一年后,荣升为九门口派出所的警长。牛犇和张远山却还是原来那样,见面点一下头,就好像谁也不认识谁一样。

不可"虱"信于人

张睿今年三十六岁,高高的个子,英挺的鼻梁上还架着一副眼镜。他是南江市实验中学的生物老师。他女儿张婷婷也是他的学生。

张睿这天夹着备课簿,来到了初二(三)班。今天他要讲的是有翅亚纲——虱目。也就是俗称的虱子科。

说起长毛的狮子、老虎、大象这些野生的动物,学生们自然知道模样,长翅膀的蜻蜓、蚊子、蜜蜂学生们也是不陌生。可是张睿光凭一张模糊不清的虱子挂图,显然满足不了孩子们的好奇心。

张婷婷终于忍不住,她把手举了起来,对着父亲张睿问道:"老师,活虱子究竟长得啥样子?"

张睿的老家远在广西榆树岭镇的小张村,他小的时候,还真的见过芝麻大小,以吸食人血为食的虱子。他越描述,这帮好奇的学生越不明白,也不怪这群吃着麦当劳长大的半大孩子们好奇,咬人的虱子真的快绝迹了。

张睿为了把课继续下去,他对着给自己出难题的女儿咳嗽了一声,说道:"大家别说话了,听我把课讲完!"张睿的意思是今年放暑假,他要回小张村去一趟,如果有机会,他会抓几个活体的虱子给大家看看!

现在的虱子不能说和大熊猫一样珍贵,但最起码也是难得一见啊。听到张睿说要给大家抓虱子回来,初二(三)班的同学们竟鼓起掌来。

张睿的表弟刘石头家住小张村,他年前来到南江市,找到张睿,说他们家的旧瓦房被大雪压塌了,张睿见刘石头可怜,他朝同事给他借了一万块钱,叫他修房子去。张睿也不是个有钱人,买楼的时候欠了六万多的贷款,每月他和媳妇晓红的工资都得被银行扣除一大半呢。

晓红听张睿说完他给刘石头借钱的事,气得和张睿大吵了一顿。张睿还是相信自己这个憨厚的表弟。刘石头借钱的时候,他说自己的钱都压到了去年秋天收上来的山核桃上,因为年后价格不高,他就没把山核桃出手,等过了春天,山核桃的价一好,他卖完核桃,一准把钱还他们。

可是现在已经到了夏天,晓红叫张睿乘着放暑假的机会到小张村去一趟,借着去看刘石头家新房的名义,把那一万块钱讨回来。

张睿一说带着女儿张婷婷回小张村，张婷婷乐得一下子跳了起来。小张村离南江市里两千多里路。张睿领着女儿上火车，乘渡轮，坐汽车，最后又坐了一百里路的牛车，经过三天的颠簸，终于来到了小张村。

　　刘石头在电话里得到张睿要来的消息，他早早地等在了村外，他一见张睿领着女儿到了，急忙跑着接了过来，他接过张睿背后的旅行包，然后一个劲地问张婷婷累不累。

　　刘石头家新盖的三间大瓦房果然宽敞，刘石头的媳妇桂花早就把自家养的山鸡杀好了。吃着香喷喷的毛栗子炖山鸡，张婷婷连声说好。

　　刘石头叫媳妇桂花从箱子里把那一万块给张睿取了出来，他为了还债，这一万块是他刚刚赔钱买了三千斤山核桃的所得呀。刘石头略带歉意地说道："最近山核桃的价钱始终没涨，我一直在等，不然这钱早就该还你了！"

　　张睿一边数钱，一边说不急。刘石头叹了口气说道："表哥啊，这些年，我总是麻烦你，什么时候，我也能帮你一个忙呢？"

　　张睿喝了一口酒，安慰他说道："表哥以后要是有事，一定找你！"

　　刘石头把胸脯拍得"啪啪"响，道："没问题，只要表兄的事，就是上刀山下火海，我也给你办来！"

　　刘石头的话刚落地，张婷婷接口说道："表舅，我还真有一件事儿，您能不能帮我抓两个活虱子？"

　　抓虱子？刘石头听完瞪大眼睛问道："我的好外甥女，你要虱子做什么呢？"

　　张睿摆了摆手，说道："石头，你别听她的！"张睿就把他上生物课，许诺给学生们抓虱子的可笑经过说了一遍。

　　刘石头听完，他一拍桌子，说道："表哥，你既然对学生许诺了，这个忙我一定帮，你们多住几天，我一定抓几个活虱子回来！不过这活虱子还真的难抓啊！"

要知道现在的农村可不像从前那样，人人身上都有虱子，现在生活水平不断提高，别说是人，就是牛马等牲畜的身上，也都已经没有虱子了呢。

桂花一听丈夫犯难，她想了想说道："村后的榆树岭上都是獾子洞，那满山跑的獾子身上说不定就有虱子呀！"

刘石头说干就干，当天下午，他就拿着钢丝套上山了。野生的獾子也是国家的保护动物，刘石头也是不敢乱捕乱杀。他活捉了几只獾子后，找了半天，也没在獾子身上的毛里找到虱子！

刘石头垂头丧气地回到家里，他把失败的经过一说，张睿急忙说道："没关系，我回去就和同学们说，虱子在小张村也绝种了！"

张睿的话还没说完，他的手机就响了，电话是学校的领导打来的，省里要举办一个教师进修班，五天之后就要开班了，校领导叫他赶快回来报到去。

第三辑 卖楼全凭一棵树

听到张睿要回去，刘石头急得一拍脑袋，叫道："我明天上午一定要帮你把活虱子抓到，你下午再走迟不迟？"

在榆树岭的鬼头崖上住着一只红毛的老獾子，相信这只老獾子身上一定有活虱子啊！桂花一听丈夫要打那只老獾子的主意，她不放心地说道："石头，你可要小心点，那只獾子邪的很！"

张睿也劝刘石头不要去了，可是第二天天不亮，刘石头就和放假的儿子一起上了鬼头崖，没到九点钟，刘石头的儿子就连哭带叫地跑了回来，原来刘石头抓獾子的时候没注意，被蹿出的老獾子一头撞到了鬼头崖下！

刘石头的左腿被摔断了。张睿和乡亲们用门板把刘石头抬回了家，刘石头痛得一头是汗，可是他还在一个劲地安慰张睿，说自己没事！

张睿着急地说道："石头，咱们还是赶紧去住院吧！你要是没钱，哥这里有！"

刘石头连连摆手，说道："腿断了，小伤，找我们村上的大夫接上，然后养上两个月就好了！"

张睿没办法，只得把村里的医生喊了过来。刘石头的伤腿被木板固定好，断折处又厚厚地被村医敷了一层草药。张睿陪了刘石头一天，他见刘石头的断腿果然没事，他就给桂花硬留下了三千块钱，然后和女儿一起，一路倒车，返回了南江市。

张睿回到家里，他吞吞吐吐地把事情的经过一说，晓红叹了一口气说道："这三千块算是泡汤了！"

张睿借着放暑假的机会到省里的教师进修班学习了一个月，回来后，他就被校长安排教初一的代数了。

转眼到了秋天，张睿这天中午还没放学，他就接到了晓红的电话——刘石头进城来看他来了。

张睿急忙到菜市场买了几样熟食，上楼回家，推门一看，刘石头穿了一件半旧的羽绒服，正坐在客厅的沙发上看电视呢。

现在正是十月金秋，天气不冷，刘石头干啥穿了这样一件厚厚的羽绒服啊。看着满头是汗的刘石头，张睿说道："石头，你的腿伤好了吗？"

刘石头穿着拖鞋，迈腿在客厅里走了两步，轻松地说道："山里人，皮实，这点小伤算啥！"刘石头讲完，他从羽绒服的外兜掏出了三千块钱，递给了晓红，晓红看了一眼不说话的张睿，脸色一红说道："石头表弟，我们这钱也不急着用，要不，你先花着？"

刘石头谦卑地说道："我这就太谢谢表哥和表嫂了。我收购的五万斤山核桃刚刚卖掉了，我知道你们还要还按揭贷款，今年我卖山核桃的钱没少赚，我给你们拿来了六万块，你们还是先把贷款还上吧！"

刘石头等了半年多，终于把这批收上来的山核桃卖了个高价，他竟把赚来的钱，都藏在羽绒服里面，给张睿他们拿来了！

张睿看着六万块钱，连连摆手，最后刘石头急了，他一跺脚，叫道：

"表哥,你不拿我的钱,就是看不起我……信不信我现在就把这六万块钱都撕了？！"

张睿没办法,他只得叫晓红收下了刘石头的六万块。晓红急忙下厨房又弄了几样精致的下酒菜,张睿端起酒杯,他望着刘石头脸上的汗珠说道:"石头,钱都拿出来了,你还不把做掩护的羽绒服脱掉？"

刘石头晃了一下脑袋说道:"我感冒了,有点怕冷……喝酒吧！"

两个人一直喝到了下午两点钟,晓红是三点的班,她嘱咐张睿一定要陪好刘石头,然后转身下楼去公司了。张睿下午没课,打电话和校长请假后,他正要坐下和刘石头好好地喝几杯酒,没承想刘石头"嗖"的一声,站了起来。他对张睿说道:"我表嫂不会回来吧？"

张睿笑道:"她上班去了,不会回来,你要干啥？"

刘石头三下两下,脱下了身上尽被汗湿的羽绒服,他身上只穿了几件单薄的衣服。刘石头一边继续脱衣服,一边对着张睿说道:"你快去找一个玻璃瓶来！"

这个刘石头真是执拗,他在腿伤好了后,重上鬼头崖,终于抓住了那只成年的老獾子,刘石头在老獾子的耳毛后面,逮住了三只圆滚滚的大虱子。

虱子是吸血的爬虫,离开寄生的动物是会被饿死的。刘石头就把虱子养在了自己的身上,他怕虱子会偷偷地爬走,他就在自己的衣服外面,罩上了一件厚厚的羽绒服。

刘石头的身上都是被虱子咬的红疙瘩了。看着玻璃瓶中的三只伸腿乱爬的黑虱子,张睿真的不知道说什么好了！

刘石头捉完虱子,长出了一口气说道:"表哥,您和我不一样,您是老师,答应学生的话,一定要办到,你跟表嫂说一声,说我回家去了,村里正收秋呢,我脱离不开！"

张睿依依不舍地把刘石头送下楼,刘石头回头,他低声说道:"表哥,我那钱不着急,你可千万别放在心上!"

张睿给刘石头叫了一辆出租车,出租车驶向车站。张睿手里捧着那只装着虱子的玻璃瓶——沉甸甸的,他直奔学校而去!……

出监礼

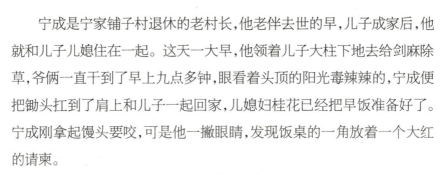

宁成是宁家铺子村退休的老村长,他老伴去世的早,儿子成家后,他就和儿子儿媳住在一起。这天一大早,他领着儿子大柱下地去给剑麻除草,爷俩一直干到了早上九点多钟,眼看着头顶的阳光毒辣辣的,宁成便把锄头扛到了肩上和儿子一起回家,儿媳妇桂花已经把早饭准备好了。宁成刚拿起馒头要咬,可是他一撇眼睛,发现饭桌的一角放着一个大红的请柬。

请柬原来是侯三亲自派人送来的。这侯三可不是什么好东西。这小子两年前欺行霸市,帮外地客商强行收购宁家铺子的剑麻,宁成仗着自己和侯三死去的爹是好朋友,他出面跟侯三说理,侯三犯浑,竟将宁成一把推倒在地,宁成的一条腿摔断了。侯三为此蹲了两年的监狱。他今年夏天在监狱服刑的时候,因为得了一场肝病,最后被保外就医,他从监狱被放出来后,也不知道是哪弄来的钱,自己住了半个月院后,身体恢复,便回到了家里,他今天大发请柬,敢情这是叫乡亲们给他送出监礼啊!

宁成气得一拍桌子,吼道:"他还想收出监礼? 我们家谁也不许去,蹲监狱还蹲出功劳来了,他不嫌磕碜,我还嫌磕碜呢!"

大柱端起了粥碗,低声劝说道:"爹,侯三打架不要命,我们惹不起,改天叫桂花给他送一百块钱去,就权当打发讨饭的了!"

宁成也知道儿子胆小怕事,他咬了口馒头,把大红的请柬揣到了怀里,说道:"这事你们就别管了,到日子我给他送礼金去!"宁成讲完,不由得长长地叹了一口气。

宁家铺子位于黑龙江畔,是个人口超过三千的大村子,这里的村民们世世代代都喜欢种植剑麻,可是现在的剑麻供大于求,老百姓的日子并不好过啊,侯三这个祸害又回来了,宁成真是愁都愁死了!

转眼到了星期六,侯三这小子还真有点手段,他借村小学学生放假的机会,把教室里的课桌都搬到了操场上,课桌上摆放着瓜子和茶水,侯三穿着西装,打着一条鲜红的领带,他正大声地招呼来送出监礼的乡亲们,村会计韩小东正低头记账呢。

看着宁成瘸着一条腿走进了学校的院子,侯三先是一愣,接着满脸堆笑,急忙迎了过来。

韩小东可是宁成一手提拔起来的,看着宁成走了进来,写礼的韩小东也是一脸的尴尬。

宁成神态凛然,他并没有握侯三伸过来的手,他望着课桌上的瓜子和茶水,夸张地对着侯三一竖大拇指说道:"侯三,你小子这主意高啊,收了出监礼不说,连办酒席的钱都省下了!"

侯三脸色一红,急忙解释道:"老村长,要不下午我单独请您一桌?"

宁成脑袋一晃,说道:"吃你的酒席,我怕消化不下去!"宁成说完话,一屁股坐到了账桌的对面,他从衣服兜里掏出了五张五十元的人民币"啪"的一声,拍在了桌子上。

随礼金——二百五十元,这在宁家铺子村可是最侮辱人的钱数啊!宁大柱因为不放心,偷偷地跟了过来,一见父亲如此随礼,宁大柱跑过来急忙拉父亲的衣襟。

宁成根本不理儿子的劝说,他狠狠地一拍桌子,对着侯三吼道:"侯三,没想到你蹲监狱蹲出出息了,还知道回来收出监礼了,你不嫌羞,我都替你磕碜!"

看着侯三的眼睛瞪成了鸽子蛋,宁成从裤带上"嗖"的一声,摸出了一把菜刀,他用亮晃晃的菜刀指着侯三的鼻子,吼道:"侯三,你小子别张狂,记住,在宁家铺子还有一个人不怕你!"宁大柱急忙把自己的爹拽出了学校的院子……就听身后的侯三大声叫道:"收宁成礼金二百五十元!"

宁家铺子村两百多户人家,侯三竟敛到了三万多元的出监礼,侯三一转手,便把原来废弃的老村支部的院子买了下来,侯三又引进了几台锈迹斑斑的机器,经过一个多月的改造和调试,一个简单的厂子已经初具规模了!

侯三的厂子是建完了,可是乡亲们也不知道他想生产什么。这一转眼,又过了十几天,市里剑麻加工厂开始派汽车到宁家铺子收购剑麻了,可是他们今年开出的价格实在太低了,除去了工本和化肥,宁家铺子的乡亲们几乎没有什么赚头了。

侯三瞪着眼睛找到厂方派来的收购经理,两个人三说两说竟动手打了起来,侯三也不客气,他抄起一根棍子,轰鸡似的把那个收购经理赶出了村子。

厂方派来的十几辆收购汽车也都空车而回,宁家铺子的乡亲们全都傻了。要知道这剑麻可不像是粮食,卖不了可以留着自己吃,收购剑麻的汽车已经被侯三打跑,老百姓要是自己雇车去卖剑麻,卖的钱还不够雇车费的啊!

宁成得到消息,他急匆匆地来到收购剑麻的现场,剑麻厂的汽车早就跑得没有影子了,宁成气得暴跳如雷,他指着侯三的鼻子骂道:"侯三,你小子想干什么!"现在剑麻还都长在地里,真要是因为运不出去烂掉了,那侯三可就真成了宁家铺子的大罪人了!

侯三把眼睛一瞪,吼道:"这个狗屁剑麻厂也太不仗义了,剑麻的价格订得这么低,他们拿咱们乡亲们当什么?!"

宁成也知道剑麻厂不仁义,可是不仁义归不仁义,也比剑麻烂在地里要强啊!

第三辑　卖楼全凭一棵树

宁成刚把话说完,没想到侯三一拍胸脯道:"没关系,乡亲们可以把剑麻卖给我啊,我的厂子全部高价收购!"侯三定的收购价格真比剑麻厂高出一大截,可是他没有现款,只能给乡亲们打白条!

这个侯三真的是太阴险了,他把收购剑麻的经理打跑,乡亲们种的剑麻就只能卖给他了。侯三一边大量地收购剑麻,一边假惺惺地给乡亲们打白条,他建的那个厂子就是剑麻加工厂,随着加工厂的机器日夜不停地运转,那收上来的剑麻都变成了一堆堆的绳子。

看着那一车车的绳子被运走,乡亲们都纷纷找到宁成,想叫他给拿个主意。宁成家的剑麻也被儿子大柱卖给了侯三,看样子他只能替乡亲们出头了。

宁成来到侯三的剑麻绳子厂,侯三正吆吆喝喝地指挥着工人们往车上装绳子呢。宁成把眼睛一瞪,刚说了一句——要钱。

侯三挠挠头皮,乐了。别看厂子生意挺火,可是绳子都是被他赊销出去了。要钱还得等到年底,不然的话,就只能拿绳子抵钱了。

宁成要的是钱,他又不想上吊,要绳子干什么?宁成没办法,只得朝侯三要来了还钱的准确日子,好不容易等到了那一天,他又一次来到了剑麻绳子厂,可是一打听,宁成愣住了,原来出门讨债的侯三竟已经有二十多天也没回来了,难道侯三这个狼心狗肺的家伙拿着大伙的钱跑了不成？

　　宁成向剑麻厂的业务员要来侯三的手机号，然后用儿子的手机一打，侯三的手机竟关机。看样子侯三这小子真的跑了！宁成越想越气，回家一股火，竟病倒了。他儿子大柱急忙把宁成送到了镇里的医院。

　　宁成刚住了三天院，这天一大早，儿媳妇桂花从家里急急忙忙地赶到了医院，原来侯三这小子回来了，正在村子里大摆宴席呢！

　　宁成一听，鼻子好悬没被气歪，他叫儿子办好了出院手续，打车回到了宁家铺子！

　　侯三这小子头上缠着白纱布，那神态就好像是从战场上归来的伤病员，他把酒席又摆在了学校的操场上，赴宴的乡亲们推杯换盏，那气氛还真的很热烈。

　　侯三已经喝得有五分醉了，他大老远见宁成回来，急忙迎了出来，他伸胳膊正要和宁成握手，没想到宁成却把手一挥，说道："剑麻钱呢？"

　　侯三一指操场正中放着的那个木箱子说道："您还是先吃完酒席，我再把钱分给您吧！"

　　宁成看着桌子上的鸡鸭鱼肉，他把眉头一皱说道："我怕你的酒菜里有耗子药，把钱给我，我立刻走人，不然我可对你小子不客气了！"

　　侯三一招手，村里的会计韩小东急忙跑了过来，他翻开账本一瞧，侯三欠宁成家的剑麻钱正好是三千五百六十元。侯三倒也大方，张嘴叫会计给了宁成三千六。那四十块钱，就算利息吧！

　　宁成一见剑麻钱到手，他抬腿刚要走人，没想到侯三说道："老村长，您还是喝我一杯水酒吧！"

　　宁成还没等说话，只见侯三"嗖"的一下，跳上了讲台，他冲着在操场上吃酒的乡亲们大声说道："乡亲们，大家吃完酒，我会把剑麻钱一分不少地分给大家……我今天还有一件事情要说，就是那笔——出监礼啊！"

修炼成精的一条鱼

侯三刚出监狱,两手空空,怎么能弄到启动资金呢,他就厚着脸皮,办了一个出监宴,那敛上来的三万多元就成了他建厂的启动资金。厂子建完,他手里已经没有收购剑麻的钱了,他又心生一计——动用武力,将市剑麻厂的业务经理打跑,他用的手段虽然低劣,可总算是解决了绳子厂原料供应的问题啊!

他为了把绳子都卖出去,竟用上了赊销的手段,可是在追讨一笔货款的时候,侯三还是叫人打伤了脑袋……看来这个侯三为了把厂子办好,还真是舍了命似的地在干啊!

侯三把货款全部收上来后,他粗略地一算账,今年竟盈利三十多万。当初乡亲们迫于他的"淫威",送给他的三万多块钱的出监礼,这笔钱都已经被侯三当做绳子厂的两百多个股份了,现在乡亲们的每一个股份上,平均都有一千五百元的红利啊!

十多倍的回报,看样子乡亲们真的是赚了,侯三刚把话说完,乡亲们都愣住了,宁成不相信地问道:"慢……你小子说的啥意思,莫非我当初送你二百五十元的出监礼,你要还给我三千七百五十元当回报?"

侯三点了点头,他含着眼泪说道:"我侯三是个孤儿,以前犯浑还把您的腿弄断了,可是您并不记恨我,听说我得了肝病,到监狱偷偷给我送去了五千块钱……也不怪宁家铺子的老少爷们都拿我当祸害,我以前真的不是人。可是我保证以后再也不干浑事了,我今天跪地叩个头,算是给您,给大家赔罪了!"

侯三讲完话,跪在讲台上"咕咚"地给大家叩了一个响头。敢情侯三住院的钱是宁成给垫的啊!宁成看着侯三给大家叩过头,他猛地一跺脚,叫道:"侯三,你小子的爹是我的好朋友,看你小子有病,我袖手旁观还行? ……看今天你的表现还成,你还算是喝宁家铺子水长大的爷们,我那五千块没白花! ……"

宁成拐着一条腿上了讲台,他面对台下的乡亲们,大声嚷道:"我说乡亲们,咱们这钱还是放在绳子厂的账户上别动了,人都说浪子回头金不换,从今往后,就叫侯三这小子给我们钱生钱吧,相信我的眼力,我不会看错人的!"

台下响起了一阵热烈的掌声,侯三和宁成的四只手,紧紧地握到了一起!

雕根雕心

凤岗市地处黔西的山区,它背靠凤岗山。别看这里的交通不便,自然条件闭塞,可是凤岗市有两种稀罕物名闻全国,一件就是水润奇石,一件就是凤岗根雕。

郑名杰就是千姿根雕厂的厂长,他手下也有六十多号人马呢。别看他们厂子生产的根雕不愁销路,可是由于前些年根雕厂野蛮采集树根,致使凤岗山上的林木大面积地枯死。镇里的林业派出所为了保护凤岗山的水土资源,就采取了封山育林的政策。再想向过去一样免费采挖根雕坯料的日子已经是一去不复返了。

最叫郑名杰头痛的还不是根雕坯料的收购,而是三个月后市里即将举办的根雕大赛,到时候,全国各地的六十多位根雕经销商都会齐聚凤岗市,观看根雕大赛的盛况,会后他们要和本地的十几家根雕厂签署明年的购销合同。

如果郑名杰能够刻出一件根雕精品，战胜自己的老对手——黔情根雕厂的厂长温成雨，那么千姿根雕厂生产的根雕制品就不愁销路了。

可是最近郑名杰却得到了一个坏消息，温成雨在凤岗山的杂木沟低价购得了一块半吨重的铁杉树树根，温成雨要用这块树根雕刻成一块玲珑剔透的水润石。用树根雕刻水润石这个点子真是太绝了，一件根雕作品，竟然能代表凤岗市的两样特产，真可谓神来之笔，最起码郑名杰就想不到。

郑名杰目前最缺的就是一块造型奇异的根雕胚料。他倒在床上，翻来覆去地想着胚料的事儿，直到晚上十一点才算合上眼皮，可是第二天一大早，他就被窗户外面的叫卖声吵醒了——石头饼，石头饼，一元三个！

郑名杰家的楼窗，正对着楼下一个非法的早市，什么时候早市上来了个卖石头饼的小贩呢？郑名杰披着衣服下楼，气呼呼地来到早市，那个卖石头饼的小伙名叫石磊。

石头饼是凤岗山的一种农家小吃，饼身有半个巴掌大，金黄焦脆，因为非常有嚼头，倒挺适合年轻人的胃口。

郑名杰正要狠狠地教训乱嚷嚷的石磊一顿，可是他一瞧石磊的手推车竟然愣住了，原来那上面放着几块当柴火烧的金钱松的树根，那些树根造型各异，最少有两三块都是做根雕的好材料。石磊用它烧火，那可真的是浪费了！

郑名杰买了石磊烙的几块饼，然后问道："小伙子，你车上的这几个树根卖吗？"

石磊半个月前骑着装满树根的倒骑驴来到凤岗市，他就是想把车上的树根卖掉当本钱，然后在凤岗市做个小买卖。可是那市内的根雕厂给他的价却极低——其实道理很简单，现在的凤岗山上还有很多盗挖树根的人，厂子可以低价收购，谁还肯花大价钱买石磊的根雕坯料呢？一车树根石磊总共才卖了不到五百块钱。石磊就用这些钱买了一套烙石头饼的全部家什，今天来早市卖饼，他还是第一天出摊呢！

石磊车上的树根都是卖剩下的。郑名杰挑了三个树根，他张口就给了三百块的高价。石磊兴奋地把那三个树根放到了地上，就在郑名杰回家取钱的当口，取缔非法早市的稽查车来了，早市上做买卖的小商贩们都吓得一哄而散。

郑名杰拿着三百元从楼上下来，早市上已经没有石磊的影子了！那三根他挑出来的树根还整齐地堆放在地上。

凤岗市也有十几个早市，郑名杰开车一连转悠了两天，也没发现石磊的影子。最后他才在一个卖石头饼的老头那里打听到石磊是凤岗山杂木沟的人。杂木沟离市里只有三十里的路，郑名杰开车直奔杂木沟而去。他不仅要给石磊送那三百块钱去，更重要的他是想看看杂木沟是否有合适自己的根雕胚料。

两个小时后，郑名杰开着别克车来到杂木沟的沟口，他远远地就看见沟口处停着一辆半旧的福田皮卡车。

郑名杰正要熄火下车，就听沟中"砰砰"地响起了两声枪响，温成雨的儿子温小龙领着七八个手下从沟里慌慌张张地跑了出来。

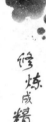

温小龙的手下抬着一块一人高的槐树老根，敢情他们是到杂木沟盗挖树根来了。追出来的看山人是一个老爷子，他手里端着双筒猎枪，枪口中射出的枪砂直打得沟口的槐树叶"莎莎"作响。

那个槐树的老根被几个人"咕咚"的一声丢到了皮卡车的后货箱中，然后七八个人跳上车一溜烟逃跑了。

看着那个八爪章鱼似的槐树根，郑名杰也不由得暗中羡慕，以他的眼光看来，那可是一个难得的坯料啊。可是温小龙等人盗窃的行径实在叫郑名杰不齿。

手端猎枪的看山人气得呼呼直喘，他看着那辆皮卡远去的影子

"呸"地吐了一口吐沫。郑名杰一打听石磊,那个看山人把眼睛一瞪说道:"你找那个兔崽子干啥?"

郑名杰刚把自己的想法一说,那个看山人把手中的猎枪一晃,冷笑道:"你要是也想盗采山上的树根,就先问问我手里的这支猎枪答应不答应!"

根雕就是三分人工,七分天然的艺术。没有好的坯料,自然雕不出好的作品来。

郑名杰还没等再说话,就见石磊大老远气喘吁吁地跑了过来,原来这个看山人就是石磊的父亲石老山啊。

石老山一听郑名杰是给儿子石磊送三百块钱来的,他不好意思地道:"郑老板,真不好意思,也把您当成坏人了!"

石磊那天被市场稽查撵跑后。他就接到他堂叔的电话,石老三前几天和一伙盗挖树根的贼打了起来……石磊是个孝子,因为不放心父亲的安全。他把做石头饼的家什寄存到城里朋友的家里,就这样石磊回到了杂木沟。

杂木沟村是个只有三十多户人家的小村子。村后的杂木岭上可是一片碧绿,上面生长着黄杨、铁杉、龙眼、紫香等不下几十种的南方树木。

郑名杰和石老山一唠嗑,他才明白石老山为何那么恨盗挖根雕坯料的贼了!十几年前因为盗采根雕胚料成风,造成了杂木岭上固土的林木大面积枯死。在五年前一场大雨中,泥石流呼啸着冲了下来,石老山家的房子被夷为平地,石老山的老伴也惨死在了那场灾难中。

石老山在五年前承包了杂木岭。他担土造林,开荒种树,功夫不负有心人,如今的杂木岭上又重新恢复了绿色和生机。

郑名杰吃过午饭,他和石老山一说自己要购买根雕坯料,石老山点了点头,对儿子说道:"石磊,你带郑老板去看看吧!"

石磊住的东屋子里堆放着半屋子的根雕胚料。这些胚料都是石老山在清理山上死树的时候挖出来的。郑名杰最后选中了三块根雕胚料精品，他拿出一万块钱递给了石磊。石磊捧着厚厚的一叠钱，也愣住了。他也没有想到这些不起眼的根雕坯料怎么会这么值钱。

郑名杰用手指着一块造型像极了一个老者的黄杨木根，说道："我要把这块黄杨木根雕刻成一个南极仙翁，然后参加大赛。纵然比不过温成雨的水润石木雕，可也不会输得太惨！"

温成雨那块雕刻水润石的胚料就是石老山卖给他的——一共才卖了八百块。温成雨明明的就是欺负石家父子不懂行啊。

石老山咬了咬牙，说道："你把这块黄杨木根雕刻成一个南极仙翁的模样，有战胜温成雨的把握吗？"

温成雨那也是凤岗市的雕刻名家啊。石老山见郑名杰摇头，他挥了挥手，说道："明天我带你们去挖一块紫香树的树根吧！"

前年杂木岭山洪暴发的时候，曾经把一棵百年的紫香树树根冲了出来，石老山在雨停后，他领着儿子挑了一百多担土，将紫香树的树根重新掩埋了起来，可是今年夏天打雷的时候，紫香树被雷劈死了。石老山就是要领着郑名杰挖那棵被雷劈死的紫香树的老根去。

郑名杰也不知道那棵紫香树的老树根有什么奇异，他稀里糊涂地睡了一觉。第二天一大早，吃过早饭，石家父子二人扛着铁锹和镐头，领着郑名杰沿着羊肠的小路直奔杂木岭的深处。

那棵百年的紫香树树身焦黑，横倒在山坡上，石家父子挖了一个上午，终于把紫香树一侧的老树根挖了出来。这块紫香树根重有一吨，透迤跌宕，呈现一座崇山峻岭的模样，如果稍加斧凿，一座——千山万壑的根雕绝品就会出现，这个巨大的老树根可是郑名杰平生仅见的佳品啊。

可是树根太重，三个人根本就挪不动窝。石家父子回村子找人帮忙，郑名杰下山急忙给自己厂子的司机打电话，叫他开着卡车领人过来。

当天下午，石家父子领着几十号人来到山上的时候，那块紫香树的

修炼成精的一条虫

老树根竟然被人用油锯锯成了七八块。郑名杰后悔得直跺脚，不用想，这一定是温小龙那伙人干的。温小龙昨天看到郑名杰来到了杂木岭，他们不放心，又杀了个回马枪。紫香树树根太重他们运不走，就索性用油锯将其锯解破坏了。

这温家的父子也太阴险了！石磊气得直骂，石老三指着紫香树的底部说道："紫香树的树根分两半，他们只是毁坏了一半，现在我们再挖一下，看看另外的一半树根是个什么模样！"

乡亲们答应一声，铁锹大镐齐挥，一个小时后，紫香树另外的一半树根就被挖了出来，郑名杰跳下坑去，他望着刚出土的树根已经激动得说不出话来了——另外一半的紫香树根呈现了一个老翁的模样，最奇的地方就是那个老翁的背后，树根纠结如藤网，藤网般的树根竟然包住了一块西瓜大的水润石。根据这个造型，郑名杰绝对可以雕刻出一个凤岗山背石人的形象啊。

凤岗市就是根雕和水润石双绝，这个有根有石的雕塑坯料真的可是百年不遇的绝品啊。背石工的木雕一经展出，竟然轰动了根雕界，郑名杰在夺得大赛的一等奖后，发表了获奖感言——凤岗山的水润石和根雕艺术成就属于凤岗市，水润石的资源不可再生，而根雕的坯料也是越采越少，面对日益枯萎的根雕资源，郑名杰决定走根雕精品的加工路线。

厂家雕刻根雕的同时，也是在塑造着自身的商德。善待凤岗山的资源，凤岗市的经济才能有更好的发展。郑名杰把话讲完，大赛的现场掌声雷动，温家父子却羞愧得低下了头！

进士鸭

刘晓明和宋郎趴在了暖水溪养鸭场高高的砖墙外,他们强忍着被蚊虫叮咬的痛苦,终于挨到了晚上十二点,两个人一见养鸭场的门卫熄了灯,刘晓明对宋郎打了个手势,两个人合力竖起了梯子,跳进了养鸭厂的墙内。

刘晓明和宋郎并不是小偷,他们只是两个应届的高中毕业生,因为没有考上大学。两个人就一齐来到了牛大巴掌开的福鼎酒楼当上了信息员。

牛大巴掌招聘信息员是有目的的。天江市盛产鸭子,福鼎酒店的招牌菜就是九香宫廷鸭,九香宫廷鸭绝对不同凡响,色泽金黄,香酥入骨,简直就是鸭宴中的一道珍馐美味了。同行的人都说牛大巴掌是本市的鸭秀才。

牛大巴掌为了使自己的招牌菜稳坐天江市第一美味的金交椅,他需要雇佣几个信息员,每天去各大酒楼调查他们新近推出的鸭宴情况。

福鼎酒楼的信息员说得好听,其实就是叫他们充当商业间谍!刘宋两个人与牛大巴掌已经签署了合同,那合同上写得明白,他们要是违约不干,一人得赔偿牛大巴掌三万元巨款。他们真的是上了贼船了。

福鼎酒楼最大的竞争对手就是暖水溪酒楼,酒楼的老板就是吴天,吴天新近研制出的招牌菜名叫进士鸭,这进士鸭可是天江市的一绝,其鸭肉奇香无比,那醉人的鸭香可以引诱食客将舌头都吞到了喉咙里去。

牛大巴掌知道吴天这个人,他几年前开过一家兽药厂,因为出过一次严重的兽药事故,他的厂子就被工商部门勒令关停了。

牛大巴掌在暖水溪酒楼安排有内线,两个人轻易地就进了暖水溪酒楼的后厨,可是两个人经过十几天的观察,那进士鸭的烹制过程根本就没有什么秘密可言,那里面更没有添加什么大烟壳子等违禁调料。

两个人回来一汇报,牛大巴掌将两人劈头盖脸地臭骂一顿。刘晓明真恨不得找条地缝钻进去,他用衣袖擦去额头上的冷汗,吭哧了半天才说道:"我看,我看那鸭子的问题一定是出在了养殖场上!"

很多烤鸭店都有自己的专属鸭场,鸭厂养鸭的时候,听说是把调味料都掺到了食物里,进士鸭是不是在养殖的过程中有什么独家的秘密?

刘晓明和宋郎跳进鸭厂的围墙,他们顺着墙根一直摸到了饲料仓库,刘晓明取出一把锤子"咔嚓"一声,敲掉了库门上的锁头。刘晓明举着一只微型的小手电,他在一边把风照亮,宋郎抓了两把饲料放到了带来的方便袋里,两个人刚退出了仓库,还没等到水池边去抓鸭子,就听鸭场大门的外面响起了汽车的喇叭声,原来是负责往暖水溪酒楼送鸭子的箱式货车拉鸭子来了。

刘晓明和宋郎两个人怕被发现,急忙溜到了墙根,然后跳出了墙外。两个人在第二天一大早,回到天江市。

牛大巴掌看着方便袋里黄灿灿的饲料,他一拍两个人的肩膀说道:"好,等我找人研究明白了进士鸭饲料配方的秘密后,我一定要重奖你们!"

刘宋两个人草草地吃完早饭,然后倒在床上睡了一觉,两个人还没等睡醒,就被"咣咣"的砸门声惊醒了。牛大巴掌已经找人验过了喂养进士鸭的饲料——玉米面加麸皮,这就是喂养鸭子最普通的饲料。

刘晓明一跺脚说道:"牛老板,您放心,今天晚上我和宋郎再去鸭场,探听不到进士鸭的秘密,我们就不回来了!"

刘晓明和宋郎两个人第二次去的时候目标明确,那就是抓几只鸭子回去研究一下,倒要看看进士鸭的秘密是不是出在了鸭子的身上。

两人翻墙跳进鸭场,踮着脚尖翻过鸭池边的铁栅栏,看着仍在不停游动的鸭子,刘晓明跳进了水里。他两只手狠狠地捏住了两只鸭子的脖子,宋郎急忙取出一个布袋子,将鸭子装了进去。刘晓明还要继续抓几只鸭子,岸上的宋郎忽然指着刘晓明身后惊叫道:"鳄鱼,晓明,快上岸来,大鳄鱼啊!"

刘晓明听到喊声,猛地一回头,就见两只鳄鱼张着血盆大口游了过来,吓得他一声鬼叫,急忙淌水向岸上跑了过去。刘晓明最后一脚踩到了泥窝里,他"啪嚓"一声,趴到了河岸上,追在前面的鲨鱼大张着口,眼看着就要冲到刘晓明的身边,刘晓明吓得连声怪叫,宋郎顾不得害怕,帮刘晓明狠命的一拉,刘晓明终于在鳄鱼嘴里逃出了一条性命。

鸭子池里养鳄鱼,这一定是鸭子肉好吃的秘密。鸭子的翅膀都被剪短,水池子的边上还竖着一道一米高的铁栅栏,为了不被鳄鱼捕食,鸭子每天只能拼命游泳,这样的鸭子经过超量的运动,鸭子身上几乎没有脂肪,味道自然不同寻常。

牛大巴掌看着捉来的两只鸭子呵呵大笑,他命厨师长将其中一只鸭子养起来研究,另外一只鸭子被做成了九香宫廷鸭,三个人举筷子一尝,都不由得大声叫好。这鸭子的肉果然是绝顶美味。在鸭子池中养鳄鱼,这办法真的令人拍案叫绝!

牛大巴掌说干就干,他在市郊买了一块地皮,一个占地三十亩的大鸭场终于建了起来。牛大巴掌通过关系也从南方弄来了两只凶猛的短嘴鳄,放到了水池子里。鳄鱼和一万只鸭雏就生活到了一起。

修炼成精的一条鱼

三个月后,除去一千多只鸭子成了鳄鱼的口粮外,那九千只鸭子也长成大鸭子了。牛大巴掌将养成的鸭子抓回了几只,命令厨子做成了九香宫廷鸭,可是他伸筷子一尝,不由得暗中皱眉,他养的鸭子根本没有暖水溪的鸭子好吃。

这是什么原因,难道吴天真的有什么独门的秘密? 他急忙把在酒店当前台副经理的刘晓明找了过来,刘晓明挠了几下头皮说道:"牛老板,我记得当初是抓了两只鸭子,还有一只鸭被后厨养了起来,我们还是先仔细研究一下吧?"

刘晓明给宋郎打了一个电话,在后厨当领班的宋郎就把那只"嘎嘎"叫的鸭子抓到了牛大巴掌的办公室,那只鸭子被放在地毯上,它刚走了几步,身子就"咣"的一声,撞在办公桌上,牛大巴掌一伸手,将满屋子乱撞的鸭子抓了起来,他仔细一看鸭子的眼睛,叫道:"这只鸭子得白内障了!"鸭子的角膜上灰蒙蒙的一片,怪不得这鸭子成了无头的苍蝇到处乱撞呢!

牛大巴掌开车领着刘宋两个人来到了暖水溪酒楼。吴天正和一百多位外地来的酒店老板签署进士鸭的特许经营合同呢。看着牛大巴掌手里拎着一只鸭子走进了会场,吴天笑道:"牛老板,怎么您对我的进士鸭的特许经营权也感兴趣?"

牛大巴掌嘿嘿一震冷笑,说道:"我知道进士鸭饲养的秘密了!"

吴天为了让自己饲养的进士鸭肉味更好吃,他就想起了给鸭子增加运动量这么一招,怎么给鸭子增加运动量呢,他别出心裁地在鸭子池中养了两条鳄鱼,鳄鱼捕捉鸭子当食物的时候,鸭子就会吓得没命地游泳! ……

牛大巴掌手里拎着鸭子讲到这里,几个外地的酒店老板问道:"可是鳄鱼吃饱鸭肉后,鸭子没了危险,它们就不会游泳了。鸭子就多游了那一会儿泳,难道鸭子肉的味道就会变得很好吃吗?"

"不会！"牛大巴掌接着道："我现在就告诉大家吴天养鸭的秘密！"

吴天当年干过兽药厂，他一定是研究出一种极为邪恶的兽药，然后点到了鸭子的眼睛上，这种药物，会使动物眼球的玻璃体浑浊，进而产生白内障……那些鸭子们一个个的视物不清，它们也不知道鳄鱼会在什么时候出现，面对危险，它们只有不停地游泳！

牛大巴掌讲完话，酒店的大厅里立刻响起了一片惊呼的声音，如果真是这样，那么吴天这个人的心也太邪恶了。这种残害动物的行为，绝对是不可原谅的。

吴天平静地站起身来，他挥手制止了大家的喧哗，然后说道："大家不要听牛大巴掌瞎分析，我现在就把养殖进士鸭的秘密讲出来吧！"

吴天一讲"秘密"这两个字，大家果然不说话了。可是牛大巴掌却阴阳怪气地说道："你会把养鸭的秘密全都讲出来？打死我我都不信！"

吴天冷笑道："我即使讲出了养鸭的秘密，你也复制不了进士鸭！"

吴天鸭场中的鳄鱼，根本就不是真的，那只是人工遥控的橡胶鳄鱼而已，牛大巴掌猜测的不错，在鸭池子中设置那种假鳄鱼，确实是令鸭子疯狂游泳，尽快消化体内过剩的营养，使鸭子不至于把吃到胃里的食物，转化为厚厚的脂肪。

牛大巴掌听吴天讲完话，他不由得愣住了，怪不得自己鸭场的鸭子，一个个体型甚瘦，它们身处鳄鱼横行的环境，日夜提心吊胆地担心自己的安全，又怎么能成长和发育得好呢？

吴天最厉害的秘密武器，便是饲养鸭子的饲料，这些饲料除玉米面和麸皮外，还有十几种高蛋白，低脂肪进口的鱼粉骨粉等原料。这个饲料配方可是北京的专家专门为吴天鸭场配制的。

不管是什么样的鸭场，都会有病鸭子。如果不是那两只得了白内障的鸭子，视力不清，刘晓明和宋郎也抓不住它们。

牛大巴掌看着吴天递过来的饲料配方，他惊讶地说道："这，这，如果照这样的饲料配方喂鸭子,成本简直高到了天上,这也不能赚钱呀?"

吴天饲养的鸭子,根本就赚不到一分钱,可是这种味道奇香的鸭子的附加值却很高,换句话说——别看吴天的鸭厂是在赔本经营,可是吴天在自己的酒楼中,将鸭子加工成美味的进士鸭后,那可就赚大钱了。

如果进士鸭能够成为一个品牌,那么何愁以后不能财源滚滚呢? 牛大巴掌养的鸭子只能算秀才,吴天养的鸭子起名为进士鸭,便有登堂入室的意思。吴天的心中,真正的想法是要在进士鸭的基础上,努力饲养出状元鸭子来。

一百多名外地来的酒店老板,急忙涌到了吴天的办公桌前,争先恐后地和吴天签署进士鸭的特许经营合同。

吴天冲着牛大巴掌道:"牛老板,我准备把暖水溪酒楼转让出去,一心经营进士鸭场,如果你对天江市进士鸭的特许经营有兴趣,我可以把市内这唯一的名额留给你!"

牛大巴掌一听,他用力挤到了吴天的办公桌前叫道:"你说话算数? 我现在就签,现在就和你签署合同!"

目光短浅的鸭子就是餐桌上的一道菜,可是人却应该看得远才成。看着兴冲冲地和吴天签合同的牛大巴掌,刘晓明和宋郎默默地走出了酒店,他们望着酒店门口行色匆匆的行人,刘晓明和宋郎竟不约而同地说道:"咱们还是回学校复习去吧!"

有文凭也不一定能有好工作,但是没文凭就一定没有好工作。刘晓明和宋郎终于想明白了。这时候酒店内的合同已经签署完毕,一阵热烈的掌声传了出来!

光棍节吃光棍鱼

一、杀手请客

武辉别看叫了一个男人的名，她可是个"愁死个人"的大龄剩女。她自小就喜欢读武侠小说，大学毕业后，就在天水市开了一家江湖菜馆。菜馆被细分为少林派、金钱帮、一统庄、峨眉书院和旖情小筑五个餐饮区。武辉自封为盟主。后厨则被她起了个恐怖的名字叫东厂。

武辉的江湖菜馆主营海鲜，宰鱼的水台可是个顶顶重要的岗位，现在是一个名叫黄飞的小伙子在干。黄飞每天操刀杀鱼，武辉干脆就喊他为杀手。

黄飞来自辽宁的渤海湾，他原是跟龙王爷讨生活的青年渔民，黄飞手脚麻利，他从宰杀到处理完一条鱼，两分钟搞定。可是一个月没干到头，黄飞就对武辉说道："盟主，你另外雇个杀手吧，我不干了！"

武辉一把抓住了黄飞的胳膊："黄飞，你要是嫌工资少，下个月再涨一千，你这个杀手要是撂挑子，我这个盟主可就傻了！"

黄飞连连摆手："盟主，这个，这个可不是工资多少的事！"

黄飞前年在老家的时候，他和同村的姑娘韩笑笑订婚了。韩笑笑不

136

仅人长得漂亮,而且性格泼辣,韩笑笑到天水市打工两年,眼界大开,一个月前,她给老家的黄飞打了个电话,原来韩笑笑相中了本市一家新开盘的门市,如果黄飞能拿出二十万,交上门市的首付,她就可以和黄飞结婚,如果不能,那两个人只好拜拜。

黄飞东挪西借,只凑够了十万块,黄飞现在一个月赚三千,想赚够十万,他不吃不喝也得三年。韩笑笑昨天打电话告诉他,既然拿不出首付,那两个人就只剩下分手这一条路好走了。

武辉一拍黄飞的肩膀说道:"杀手遇难,本盟主焉有不拔刀相助的道理?……"

武辉的意思是叫黄飞把韩笑笑找来,她要跟韩笑笑大讲一番江湖道理,如果能说通,杀手就可以抱得美人归呀。

武辉就在江湖菜馆里备下了一桌丰盛的酒席。黄飞打了十几个电话,韩笑笑这才不情愿地到了。

武辉一看黄飞和韩笑笑光坐着不说话,她就先从自己的艰苦创业史讲起,接着又说了一段职场上最流行的励志故事,然后端起酒杯说:"只要你们两个齐心合力,一定能在天水开宗立派,成就一番江湖霸业,来,我们先干一杯!"

韩笑笑冷笑一声:"武大姐,等黄飞交上了那个门市的首付,您再跟我谈江湖霸业吧!"

韩笑笑一推酒杯,正要转身离开,黄飞气得一拍桌子:"等一下,你吃完这条鱼再走!"

二、光棍的鱼

黄飞说完话,江湖菜馆的服务员便端着一个二尺方圆的圆盘子,走了进来,就在圆盘子的中间,放着一条清蒸过的扁形怪鱼。

武辉纳闷地问:"这是什么鱼,我可没吃过!"

盘子里的扁鱼名叫仰鱼,这仰鱼虽然是渤海湾的一种特产,可是却不上台面,因为除了仰鱼这个本名外,它还有一个狼藉遍地的绰号——光棍鱼。

在渤海湾有个风俗,两口子离婚,或者恋人分手,都要吃一顿散伙饭,散伙饭必须要上光棍鱼,只要离婚和分手的男女动了光棍鱼,那以后就各奔东西了!

黄飞来天水之前,特意带来了一条盐干的光棍鱼来。这种鱼在渤海湾常见,但是在天水市,却是很稀奇的东西。

韩笑笑一见黄飞早有准备,她抄起手中的筷子便插到了光棍鱼的身上,然后对着黄飞叫道:"记住,一辈子不许来找我!"

武辉看着绝情的韩笑笑说:"不至于为了门市,你连感情都不要了吧?"

韩笑笑叫道:"要嫁你嫁给他!"

黄飞看着韩笑笑跑出了江湖菜馆,他沮丧地坐到了椅子里。武辉一撇嘴:"如果在三百年前,叫本盟主遇到这样的女人,我一定要把她装在猪笼里沉湖……哎,你带来的这条光棍鱼的模样生得还挺有创意呢!"

光棍鱼生得模样怪异,扁扁的身子,一双眼睛长在头顶,更奇怪的是它的鱼尾巴,竟是一条一尺多长的肉棍子,武辉正要伸筷子去尝那条清蒸光棍鱼,没想到却被黄飞拦住了,他说道:"在我们渤海湾有个风俗,这光棍鱼未婚男女可不能吃,谁吃谁找不到对象!"

武辉可不信那个老掉牙的民俗。现在已经是十月底,再有半个月,便是 11 月 11 号,也就是所谓的光棍节了,武辉这些天正琢磨着在光棍节这天,江湖菜馆应该有一个不同凡响的举动,这光棍鱼能否在光棍节上重点推出呢?

黄飞连连摇头："不成，不成，如果你叫光棍们吃这种东西，岂不是越吃越找不到对象？"

韩笑笑想了想："本盟主认为，所谓的民俗就是公说公有理、婆说婆有理的东西！你比如说端午节吃粽子，有人说是为了祭奠屈原，可有人说是为了解馋，只要给光棍鱼赋予一种新的使命，没准江湖菜馆就能利用光棍鱼，在节日上捞一桶金。"

武辉讲完话，她抬起筷子，在光棍鱼的尾巴上夹下了一块鱼肉，这鱼肉鲜香软腻，放嘴里一尝，果然好味道。

武辉一边吧嗒嘴，一边说道："黄飞，本盟主给你笔银子，你立刻快马赶回渤海湾，大肆收购光棍鱼，至于叫光棍们如何大吃光棍鱼，本盟主自有妙计！"

三、顿悟秘籍

黄飞回到了渤海湾老家，他跟渔民们一说高价收购光棍鱼的事儿，大家都愣住了，这光棍鱼海里面有的是，渔民们都觉得这种鱼鱼价太便宜，谁也不愿意捕捞。既然黄飞拿着嘎嘎响的票子高价收购，那大家还等什么。

渔老大们驾驶着渔船纷纷出海，只用了五天时间，便打了三千斤的光棍鱼，黄飞从当地雇了一辆保鲜车，然后他押着车，就把光棍鱼给武辉送了过来。

武辉一见又肥又大的光棍鱼到货，她立刻在本地的报纸和电视上开始做广告——光棍节新时尚，大吃光棍鱼，还可顿悟单身的缘由。

光棍鱼本身就是一个卖点，再加上吃光棍鱼还能顿悟单身的缘由，这就更有号召力了。武辉的江湖菜馆只有一百多张桌子，没用三天，便被天水市的单身男女们提前订光了。随着订桌子的电话不断增多，三千斤光棍鱼，已经明显不够。武辉急忙在厨房里找到黄飞："杀手，你赶快回去一趟，再给本盟主弄一车光棍鱼来！"

黄飞第二次回到了渤海湾，当他押着装满光棍鱼的保鲜车，在光棍节那天返回天水市的时候，江湖菜馆中座无虚席，人头攒动，武辉站在门口，两手抱拳，正大声招呼前来品尝光棍鱼的单身贵族们呢。

这帮单身贵族们吃完了光棍鱼，一个都到门口感谢武辉，大家都说自己在吃鱼的时候，确实找到了自己单身的原因。

当天晚上，武辉在少林派的厅里宴请黄飞，黄飞一共为江湖菜馆收了八千多斤的光棍鱼，一斤光棍鱼，武辉多付给黄飞十二元钱，有了这笔钱，他终于可以交上那笔门市的首付了。

黄飞听武辉说完，也不好意思地直挠脑瓜皮，其实他从光棍鱼的身上，也已经找到了韩笑笑不愿嫁给自己的原因，光棍鱼，就有小手指甲大小的鱼脑子，他空有一身力气，却缺乏头脑，这岂不是和笨笨的光棍鱼一样？

黄飞卖光棍鱼发财的消息不知怎么被韩笑笑知道了，韩笑笑给黄飞手机打来电话，她告诉黄飞，自己想和他再续旧情，武辉却一把抢下黄飞的手机，然后大声地说道："本盟主以前跟光棍鱼一样，一双眼睛生在头顶……现在我认识到了自傲的错误，便作出了人生一个重大的决定，那就是下嫁杀手，请你以后就不要再给我老公打电话了！……"

黄飞被幸运之神眷顾，他也被这从天而降的爱情给击昏了。

武辉一见黄飞发愣，她"砰"地给了黄飞一拳，嗔道："给本盟主当老公，乐没乐疯你，快说，快说？"

黄飞嘴里也不知嘀咕了一句什么，然后他兴奋得大叫一声，两手一伸，抱住了武辉，说什么也不肯撒手了！

修炼成精的一条鱼

卖楼全凭一棵树

柳成山是赣南市新城区的开发商,他愁得就差找根绳子上吊去了!这次赣南市市政府为了开发龙背山新城,下的力度非常大,省内十几家房地产的精英们齐聚一堂,经过激烈的招标血战,柳成山只得到 Z10 那块最偏僻的地皮。

柳成山是土生土长的赣南市人,他原以为凭着自己这些年在地产界打拼出来的良好名声,柳氏的房产应该不愁卖,可是那十多个对手太强劲了,柳氏小区已经开盘一个月了,柳芊芊竟然连一户商品楼都没有卖出去。

柳芊芊是柳成山的女儿,她在洛阳美术学院毕业后,一直在给父亲帮忙。柳芊芊用尽了浑身的解数,可是卖楼的业务上却没有一丝的进展。这天下午五点,柳芊芊放在桌子上的手机响了,打电话的人是他的男朋友,在市植物研究所工作的赵宏伟。赵宏伟在电话里约她到塞纳河餐厅吃西餐去。

柳芊芊还没等说话,就听身后有人说道:"又是赵宏伟吧? 你告诉他今天没时间,我要带你去看一样东西去!"说话的正是柳成山。柳成山特别反对柳芊芊和赵宏伟交朋友。在柳成山的眼睛里,植物研究所养着的就是一群栽花种草的匠人,再说侍弄花草的人能有多大的出息,结了婚还不得靠柳芊芊养活?

柳芊芊因为老爸患有心脏病,她也不敢过分执拗。柳芊芊上了父亲的奥迪车,司机开车直奔市中心广场。

因为赣南新城是省重点工程,市政府为了扩大影响,特意为每家开发商立了一块巨大的楼盘广告牌。看着其他房地产公司美轮美奂的楼景图,柳芊芊不由得脸色一红,她主笔画的柳氏楼盘的景观图铁定是最差的。人都说有胭脂要擦到脸上,广告宣传做得不好,楼盘自然卖得就差啊。

柳氏楼盘销售不畅,资金已经出现了问题,想请一位全国闻名的大画家已经没有那笔款了。柳芊芊说道:"我还是把黄志浩找来,叫他帮我们画一幅楼景图吧!"

柳芊芊一提黄志浩,柳成山笑了。这个黄志浩不仅有才有貌,他爸还是省外经委的主任。黄志浩和柳芊芊是同学,他现在已经是全国闻名的青年画家了。

黄志浩也在追求柳芊芊,可是柳芊芊却喜欢植物研究所的赵宏伟。黄志浩接到柳芊芊的电话,不敢怠慢,他立刻放下了手中的工作,当天晚上开车就来到了赣南市。

柳成山在天龙大酒店为黄志浩摆宴洗尘,席间柳芊芊一说楼景图的事,黄志浩爽快地说道:"要是我一个人来画,估计最少也得半个月,这样吧,我找几个朋友一起画,估计三天时间就拿下了!"

还是黄志浩的面子大,他竟把省画院的两位幅院长请了过来,柳成山带着黄志浩这一行人在他的柳氏楼盘参观了一圈,黄志浩首先确定了楼景全图要体现回归自然的主题。

柳氏楼盘虽然地理位置偏僻,可是它靠山临水,最难能可贵的就是楼盘中间竟然修了一个小型的花园。花园里还生长着一棵大叶菠萝树。

修炼成精的一条鱼

五六位画家连夜开工,三天后,一张全新的柳氏楼盘图就画好了——一脉雄奇的龙背山下,柳氏楼盘的十几栋新楼就好像是圣洁的莲花瓣,盛开在蓝天碧水之间。柳成山看着新的楼景图满意得连连点头。

柳成山为了对黄志浩表示感谢,他特意放了女儿一个星期的大假,黄志浩开车和柳芊芊到神仙湖景区旅游去了。

果然新的柳氏楼盘景观图一亮相,前往柳成山这儿看楼的客户便络绎不绝,三天之中,竟卖了十几户,可是过了三天,看楼的客户便逐渐减少了,柳成山每天盯在售楼部,直到七天后,柳芊芊和黄志浩旅游回来,柳成山一算计,售楼处一共卖出去了二十套房子。

柳氏地产这次一共开发了两千多套住房,卖出去的二十套房子就是总量的百分之一。这绝对是杯水车薪,也解决不了根本问题呀。不用想,黄志浩画的楼景图还是失败的!

黄志浩也觉得不好意思,他开车灰溜溜地去了宾馆。柳芊芊说道:"爹,不成我们还是面对社会,高额悬赏,征集售楼的金点子吧?"

柳芊芊就把父亲悬赏十万,征集卖楼金点子的想法打电话一一通知了出去,第二天一大早,市内的十几家策划公司就把七八条"金点子"反馈了上来,看完这些金点子,柳成山的鼻子差点没被气歪,除了降价销售,就是让利清盘,这降价甩卖的点子还用悬赏征集吗,街头买冰棍的老太太都懂得!

柳成山气得直骂的时候,柳芊芊推门走了进来,他身后还跟着一个人,这个人就是戴着眼镜的赵宏伟。柳芊芊说道:"爹,宏伟有个卖楼的好点子!"

赵宏伟叫了一声柳伯父,然后慢条斯理地分析道:"柳氏楼盘之所以卖不动,那是因为楼盘位置太偏的缘故!"

在下围棋的术语当中,有金边银角石肚子一说,可是在楼盘的销售上,却完全和下围棋的道理反了过来——地理位置越靠近中心,商品楼也越值钱。

黄志浩提出的回归自然的主题不能说不对,可是回归自然在赣南新城中却行不通,道理很简单,这里的十几家的楼盘全都背靠龙背山,他明着是宣传柳氏的楼盘,其实是在替所有的楼盘打广告。

柳成山一见赵宏伟分析得井井有条,紧皱的眉头舒展了一点道:"那你的办法是什么?"

赵宏伟也不正面回答,他只是说道:"请柳伯伯给我修改那幅楼景图的权利。"

黄志浩画的楼景图已经失去宣传的效果了,看赵宏伟胸有成竹的样子柳成山咬咬牙,他终于同意赵宏伟修改那幅楼景图,可是听到消息的黄志浩却不干了,这幅楼景图可是他设计的最得意的一幅作品,三个月后,在法国有一个建筑艺术的绘画大赛,他准备拿着这幅和人合作的作品参赛去,赵宏伟私自改画,这算怎么一回事?

赵宏伟看着怒气冲冲的黄志浩也不上火,他指着中心广场上的那幅楼景图,说道:"黄先生,柳经理请您画楼景图,其目的是想把他的两千多套商品房卖出去!"

这楼景图说白了只是一幅广告,广告就得有广告的效果,如果它不具有商业效应,那么他就是一幅失败的作品。

赵宏伟也是一个绘画爱好者,他虽然和黄志浩没法比,但他也是有两把刷子的。楼盘的广告画前已经搭上了高高的脚手架。赵宏伟拎着绿色的油漆桶爬到了脚手架的上面,他拿起画笔,在柳氏楼盘中心的小花园里,画上了一棵特别显眼的参天大树。

看着那棵大树逐渐成形,黄志浩冷笑一声道:"俗气,简直就是俗不可耐呀!"黄志浩已经明白了赵宏伟的意思,他是想画一株伸着绿色枝叶的大树,然后用大树的枝叶庇护着整片的柳氏楼盘,可是这种内容的广告画,上网一搜,没有八百张也有一千张,黄志浩冷笑着开车回宾馆去了。

柳芊芊站在下面,她也为赵宏伟的创意捏了一把冷汗。

柳成山耐着性子看到最后,他终于看明白了,赵宏伟是在画一株大叶菠萝树。柳氏楼盘的中间有一个小花园,花园的正中间就生长着这样一棵树形美丽的大叶菠萝树。大叶菠萝树在三十年前的赣南市还有零星的分布,随着城市的发展,现在这种树已经难觅其踪了。

画一棵树,就能改变柳氏楼盘的命运?这想法也太天真了。柳成山也是连连摇头,他最后实在看不下去了,柳成山开车也离开了绘画的现场。

赵宏伟根本不理会自己遭到的冷遇,他高举画笔,一丝不苟地往广告画上填补着树叶。直到晚上九点多钟,疲惫的赵宏伟才一身油漆地从脚手架子上爬了下来。

一棵大叶菠萝庇护下的柳氏楼盘出现在市中心广场,可是一连三天的时间,柳芊芊的售楼部也没有卖出一套房子,黄志浩连说这赵宏伟心术不正,柳芊芊和黄志浩吵了起来,黄志浩一怒之下,开车回省城去了。柳成山气得把桌子拍得山响,他冲着柳芊芊叫道:"告诉那个姓赵的骗子,以后叫他离我远点!"

可是第四天一大早,一辆豪华的沃尔沃大巴就停在了柳氏售楼部的门前,从车上下来了二十多个金发碧眼的老外,这些外国人先不看楼,他们径直走到了小花园中那棵大叶菠萝树面前,望着枝叶婆娑的大树,他们都是一个劲地翘大拇指。嘴里连喊——very good!

柳芊芊一问随行的翻译,她才明白了过来,原来这些外国人是市内一家英资企业的高层,他们相中了柳氏地产优雅的环境,要买下三栋楼,给厂子里的外国职工居住。

一单签下三栋楼!柳成山乐得差点跳起来。随着这惊人的消息被报纸披露,到柳芊芊这里买楼的客户竟一天比一天增多。柳芊芊心里纳闷,他把电话直接打到了赵宏伟那里,赵宏伟却不以为然地笑道:"你看看晚上的电视吧,那上面有我主持的节目!……"

晚上八点半,赵宏伟主持的电视节目《园艺之窗》准时开播,这几天赵宏伟介绍的是一种外国的植物——槲树。

槲树就是赣南市的大叶菠萝树——槲树的成树可长高至二十五米高,其木材坚实,可以做高档的家具。该树最大的一个特点就是对周围环境有相当高的要求,不能受到任何污染,所以又被人们称为——环境监测树。

换句话说,在环境受到污染的地方,槲树根本就没法生长,柳氏楼盘中发现了槲树,就是说明这里最适合人类居住啊!

外国人到柳氏楼盘置业的秘密一经传开,柳氏地产立刻就成了赣南市购楼客户的首选。柳成山把忙得不可开交柳芊芊拉到了一边,说道:"芊芊,我想请赵宏伟吃个饭……"

柳芊芊心里高兴,嘴上却故意地问道:"怎么,你不嫌弃人家是百无一用的种花匠了? 哦,我知道了,你要兑现那十万元的奖金?"

柳成山不好意思地挠挠头皮说道:"这么好的小伙子,真是打着灯笼也找不到,我要仔细向他咨询一下,咱们赣南市哪里还有槲树,我要把有槲树的地皮都盘过来,盖楼赚钱啊!"

修炼成精的一条鱼

九曲子母结

张老海是红螺山底下有名的民间绳结王,经他打出的九曲子母结任谁也解不开。他当过村主任,上过电视,在辽西北地区那可是鼎鼎有名!可是他也有烦心的事,他儿子张小海不学好,跟富云钼矿的刘大头走私钼精,两人都被判了三年徒刑,前些日子才从大狱中被放出来。

那刘大头真是手眼通天,刑满释放刚一个月,就把红螺山脚下最大的富云钼矿承包到手。张小海也被刘大头安排到钼厂仓库当了保管员。

张老海一听儿子又回到刘大头身边,气得直拍桌子。

五年前,刘大头伙同外地不法商贩走私钼精,后来蹲了大狱就是被张老海举报的。刘大头恨死了张老海,第一个就把张小海咬了出来,张小海就这样也成了囚犯。

张老海怕儿子又被刘大头拉上贼船,他一咬牙,找到了乡长。最后,张老海也被安排到了钼精加工厂的装袋车间,负责给装满钼精的帆布口袋扎绳。

张老海每天上下班都和儿子一起走,张小海在老爸的监视下,半年内还真没出什么大问题。

由于国外的钼精市场走俏,钼精的价格翻着跟斗往上涨,从原来一吨两三万，半年多后，竟变成了三十多万。那一袋子钼精是六十斤，折合成人民币就是九千多块。

刘大头这几天出门到山西去谈生意。红螺钼业公司叫他们赶快加工三百吨钼精，生产的任务就落在了张小海的肩上。粉碎过筛，分装绑袋，几十名工人忙得团团转。

张小海白天守在地磅前，一袋子装六十斤钼精，他都得分毫不差地称过。张老海等儿子称好后，就拿过特制的尼龙细绳，那两根绳子就跟两条没有骨头的面条鱼一样，在他的手指端上下翻飞，左三右五，七折九曲，几下就在口袋嘴上打出一个漂亮的九曲子母结来。

太阳落山，刘大头的老婆林三妹锁上原料库，和张小海一起把成品仓库中的钼精袋过完数后，便拿出枫红色的小手机，给远在山西的刘大头汇报了一下情况。张老海和工人一起下班，张小海掌管着钼精仓库的钥匙，领着八个保安开始在仓库外巡逻。

第二天，张老海早早地来到钼精加工厂。张小海眼睛熬得通红，他责任重大，很可能一夜没睡。又干了一整天，张小海等老板娘林三妹走后，就把摩托车推了出来，说要送张老海回家喝酒。

张老海老伴死得早，还真没见过儿子这样孝顺过。他也就三四两的量，被儿子灌了几杯烈酒，舌头就短了。

张小海见时机成熟，说道："爹，您教我打九曲子母结吧！"

张老海一听儿子要学九曲子母结，两眼放光，借着酒劲，不一会就在小海的手腕上打出一个漂亮的绳结来。

张老海打完结，酒劲发作，"咕咚"趴睡到了桌子上。张小海从抽屉里取出一把锥子，根据记忆，一下下去挑那绳结，可是挑了半个多小时，也没挑开。接下来几天，张小海白天偷学，晚上明练，急得揪头发顿脚，可愣是没弄明白这九曲子母结的奥妙！

一千袋钼精已经加工完毕，刘大头在钼精全部入库的当天晚上，气势汹汹地回来了,他身后还跟着虹西镇派出所的赵所长。刘大头二话不说,先带手下人把张老海的家翻了个底朝天,翻到最后,别说是整袋的钼精,就是钼精渣都没有找到一块!

刘大头紧张得满头是汗。赵所长指着刘大头的鼻子直骂:"你不是说张小海监守自盗吗?钼精呢,赃物呢?简直胡闹!"说完,一摆手,领着人坐车回镇了。

刘大头回到钼精加工厂,把仓库里的三十吨钼精全部装在卡车上,一一过磅,三十吨的钼精,正好多出了一吨,一袋钼精平均多出了两斤。张小海支支吾吾,说啥也解释不清这是怎么回事!

很显然,是称钼精的小磅秤出了毛病。张小海被刘大头开除回家,张老海望着垂头丧气的儿子嘿嘿笑道:"好事啊,今天你爹我要请你喝酒去!"

三杯辽西老白干下肚,张老海拍了拍儿子的肩膀,低声道:"死小子,别以为你爹不知道,把磅砣的铅封扣去,一袋子钼精就多称出两斤。你一定是算计着到晚上打开仓库,把那多出的两斤钼精私自取出来……是不是?"

张小海一口酒从鼻子里呛了出来:"这,您,您怎么知道?"

张老海冷笑道:"可你解不开口袋嘴上的九曲子母结,这我更知道!"

原来,为了再次报复张老海,阴险的刘大头早就瞅准了张小海好贪小便宜的毛病,把钼精仓库的钥匙交给他保管,其实就是做了一个套叫张小海钻啊。

张小海听完吓出了一头冷汗。如果真偷了那多出的一吨钼精,那可是三十多万元的大案子啊,再加上监守自盗……真没有想到,竟是老爹打的九曲子母结把他给救了。

张小海"扑通"跪倒在老爹面前。张老海一顿酒杯,吼道:"知道谁是好人,谁是坏人了,这说明你还有得救……这个刘大头太歹毒了,我想他绝不会善罢甘休的！"

刘大头将三十吨钼精用卡车拉到了红螺钼业公司，没过半个月，红螺钼业公司的经理黑老三就把刘大头叫了过去，一顿臭骂！原来富云钼精厂加工的三十吨钼精中，竟有二十多袋有问题，那里面装的全部都是低含量的钼精尾矿砂。黑老三已经把这批假货全部给刘大头退了回来。

刘大头一听气得直跳，马上打电话找来律师吴铁嘴，一纸诉状把张老海父子告上了法庭。刘大头的理由也很充分，因为加工钼精的时候，他不在厂里，这批钼精都是通过张小海组织工人生产的。袋子口张老海打的绳结还在，这说明红螺钼业金属公司并没有开袋换货，钼精出了问题，只有一种可能，那就是张老海父子合伙把钼精在仓库里给调包了。

吴铁嘴在法庭上滔滔不绝地把理由讲完，张老海未置可否，而是求得了审判长的同意，直接走到证物桌旁。桌上放着三只装满不合格钼精的帆布口袋，他望着口袋嘴上的绳结，嘿嘿笑道："这个假钼精口袋上的绳结不是我打的！"

原告席上的刘大头叫道："在红螺山百八十里的地面上，有谁不知道，这种九曲子母结就你一个人会打！"

张老海不动声色地说道："除了我会打这种九曲子母结，在红螺山下，还有一个人，你——刘大头也会打！"这是怎么回事呢？话还得从老底子说起。

那还是在清朝乾隆年间的时候，张老海和刘大头的祖爷爷同是盛京府中的密押吏。密押吏的工作就是把盛京府报呈京城的公文加密。刘大头的祖爷爷干的是把公文用火漆封好的密押。公文用火漆封好后，要装到盒子里。张老海的祖爷爷负责把盒子外面用牛筋绳捆好——这就是密押绳。绳押的凭证就是在盒子中心打的那个解不开的九曲子母结。

九曲子母结的秘密就是张氏家族中最大的秘密。可是有一天，一封盛天府尹密报朝廷剿匪的密函在匣子中不翼而飞了，可是密匣外面的九曲子母结还在。张老海的祖爷爷被怀疑通匪,直接下到了大狱,直到临死,他才想明白,他酒后曾经教会过一个人打九曲子母结,这个人就是他磕头的把兄弟——刘大头的祖爷爷!

很显然,是刘大头的祖爷爷出卖了他!

刘大头听到这里,声嘶力竭地叫道:"你胡说,法官,审判长,他信口胡说! 我根本就不会打什么九曲子母结!"

张老海冷笑道:"其实九曲子母结的打法共有两种,一种是九曲子结,这是一种死结;而我打的是九曲母结,是一种活结。这些假钼精口袋上打的结就是九曲子结,全都解不开。我给那一千个真钼精口袋上打的全是九曲母结,都能够被解开!"

张老海在法庭上先把九曲子结打完,然后对着绳结敲了两下,绳结略一松动,那两个绳头就立刻缩回到了绳结里,成了个无头死结! 等张老海把九曲母结打完,那两个绳头虽然也缩到绳结里,可是他用手指一顶绳结的底部,那两个绳头又从绳结中钻了出来。张老海用手一拉那两根绳头,九曲母结就被轻易地解开了。

虽然子结和母结在外表上非常相像,可是打法却完全不同。打子结要勒紧绳子,然后震动绳结,叫绳头回缩,自然成为死结。而打母结却不需要用力,最后留下绳头在底部顶出来的空间。审判长看完恍然大悟,如果是张老海父子监守自盗,他绝对不会在假钼精口袋上打什么解不开的九曲子结。

可是刘大头连声喊冤,他否认自己会打九曲子母结,更不肯承认诬陷张老海父子的事实。张老海对审判长说道:"刘大头的老婆林三妹就是本案一个最重要的证人,只要她来法庭一趟,我就能证明刘大头会打九曲子母结!"

两名法警把林三妹带到了法庭。张老海拿过林三妹的手机,那手机坠上,果真就打着一个小小的九曲子结。刘大头满脸冷汗,不会打九曲子结的谎言不攻自破！

公安机关经过仔细的调查，终于查清刘大头和黑老三合伙将那二十袋钼精倒卖，又用假货调包，然后再反咬张老海父子一口的诡计。

刘大头走私贩私，身陷囹圄，不检讨自己，却反怪张老海当年检举了他，等待他的将是法律的严惩。

知错认错和诚心悔改就是能解开任何绳结的两个绳头啊！张老海将一个九曲母结和一个九曲子结放到了儿子的手心中说："小海，人心难测，就如绳结，死死活活，全在一念！"

张小海点了点头，两滴悔恨的泪顺着眼角流了下来。

修炼成精的一条鱼